目次

散るを別れと

FuJio NoGuChi

野口冨士男

P+D BOOKS
小学館

夜の鳥

1

地下鉄東西線門前仲町の、永代橋に寄ったほうの改札口で午後三時に落ち合おうと約束したのは、その四日前のことであった。

中三日の余裕をみておけば、いずれも短文ばかりなのだから、そのあいだには「文明」と「花月」の両誌に発表した井上唖々の文章に、こんどこそ細大もらさず眼が通せるだろう。長いあいだ、なんとなく頭にひっかかっていたことだけに、この際ぜひともそれを実行したいものだと、私は電話をしているうちに思いはじめていた。

「……降っても、小雨ぐらいでしたら行っています」

岩崎宏也は、もういちど日時と場所とをたしかめてから電話を切った。

八月なかばだというのに、九月下旬か十月初旬なみといわれる時節はずれの低温の日が四、五日つづいていた。それだけに降雨は私も覚悟していたので、その日も曇天ながら時おり雲間から薄陽がもれていたものの、一応用心のために折畳みの傘を持って出た。

これまで、岩崎宏也が私の家へ訪ねて来たことは一度しかない。それも自著をとどけるための訪問で、一時間たらずのうちに帰っていった。打ち合わせて外で逢うのも三度目でしかなかったが、いつも彼のほうが先に来ている。その日は、しかし、約束の時刻より二十分ちかくも早く着いたので、今日こそ自分のほうが先だろうと思いながらゆっくり階段をのぼっていくと、いつものように大きなショルダーバッグを左肩にさげた岩崎は改札口の正面の壁に背をよせかけながら、大判の地図を小さくたたんで見入っていた。そして、私に気づくと、眼鏡のフレームに指先をあてがいながら言った。

「やっぱりC——っていう店でした」

門前仲町で下車するのは、岩崎にとっても、私にとってもその日が最初ではない。

電話で話していたあいだに、かつて私たちは永井荷風の作品や『日和下駄』のような散策記の背景を追って深川不動や木場、洲崎遊廓跡、南砂七丁目の元八幡などをそれぞれ別個にたずね歩くために、二人とも門前仲町を出発点として、ふたたびそこへもどっていたことがわかった。ことに私にかぎっていえば、その二カ月ほど以前にも、清澄庭園にちかい三好三丁目にある、吉原遊廓の開祖庄司甚右衛門の墓所でもある雲光院という寺院で母方の従姉の法事があって、やはりそこでバスに乗り換えている。同行することになったその日の目的地へも、別行動ながら二人とも一度ずつ行っていた。

そのために、落ち合う場所を打ち合わせたとき、二人ともおなじ珈琲店でやすんだことがあるのを知って、一度はそこにきめかけた。が、位置だけはまちがいないように思われても、店名の記憶があいまいなままに、万一どちらかが思いちがいをしていては遭いそびれるおそれがあるからということで、けっきょく改札口にした。その店を、岩崎は先に来て見とどけていたのであった。

「そりゃどうも……」

私は言ったが、感謝するという気持にまではなれなかった。

落ち合うたびに岩崎が先着しているのは、二十歳以上も年長の私に対する彼なりの礼譲に相違あるまい。また、電話での天候に対する心くばりといい、先にその店をたしかめておいて、私にすこしでも余分な歩行をさせまいとするようなはからいには、いかにも彼らしい周到さがある。が、その周到さが、時には私にわずらわしさを感じさせた。

好意を素直に感謝できずに、わずらわしいと私が感じることがあるのは、荷風なり、啞々に対する関心のいだき方が、彼と私とでは終極のところで喰い違っているからにほかならない。そのくせ、出口のところは違っても、入口のところは同一でないまでも、きわめて近接しているといったふうの、ちょっと厄介なかかわり方が岩崎と私とを結びつけていたといえばいえるし、どこかに違和感がはさまっているといえばいえぬこともないものにしていた。

たとえばこんど私が岩崎に電話をかけたのも、井上啞々が大正七年十月の「新小説」に発表した『鳥牙(てうが)庵漫筆』と、同年十二月の同誌に執筆した『河東売水録』の複写を郵送されたことに対して礼をのべるためであった。が、すでに私は三年前——もっと正確にいえば昭和四十八年六月の「学鐙」に秋庭太郎氏が執筆した『井上啞々の著作』というエッセイで、その題名と内容の要点だけは両方とも知っていた。そして、私としては、特にそれ以上の知識をもとめようとする意志もなければ、知らねばならぬ必要も感じていなかった。したがって、送られてきた封書を開封したときには、なにやら重荷を背負わされたような気さえしたほどであった。うんざりしたといっても、まちがいではない。

が、要点だけではなく、全貌を知ってみれば、やはり興味をかき立てられるものが生じて、いろいろ話しているうちに、もういちど啞々が住んでいた六間堀のあたりを歩き直してみようかという気持になって、それを口に出すと、岩崎宏也も同行したいと言いはじめて、今度のような結果になった。

いや、そう言ってしまっては、いかになんでも私の心のうごき方が、あまり単純すぎることになる。

それが誤りであることは後になってから判明したのだが、はじめて私が井上啞々に『烏牙庵漫筆』という題名の文章があることを知ったのは、大正十三年九月に春陽堂から出版された永井荷風の『麻布襍記』におさめられた小品文『梅雨晴』のなかに、啞々の代表作のひとつとして挙げられているのをみたときで、『麻布襍記』を私が古書店で入手したのは戦時中のことであった。そして、おなじ作品が岩波書店版の「荷風全集」におさめられていることは当然ながら、その二つだけではなく、秋庭太郎氏のエッセイでも、その題名は『烏牙庵漫筆』となっていた。つまり、私は戦時中の昭和十六、七年ごろから現在に至るまでの三十四、五年間、その文章を『烏牙庵漫筆』だとばかり思いこまされてきてしまったのであった。それが、岩崎から郵送されてきた現物からの複写をみると『鳥牙庵漫筆』だったのである。

《鳥牙》は、すなわち《鴉》にほかならない。烏の牙では、むしろ意味をなさないのである。

「そうか、鴉だったのか」

と思い当ったとき、私は六間堀というよりも、以前にいちど行ったとき見落してしまった、六間堀の最末端部を見とどけて来たいという気持になっていたのであった。

「……万年橋から先は、どう歩くにしろコースはきまってるようなもんですけど、万年橋まではどう行きますかね」

その店に入ってブレンドを注文してから私がたずねると、岩崎は先程からずっと手に持ちつづけていた地図をたたんだまま私のほうにむけながらテーブルの上に置いてから、

「清澄通りをバスで高橋まで行って下車するか、それとも法乗院と霊巌寺をのぞいてみながら歩いて行くかのどちらかですけれど、今からバスでいきなり行っちまうのも呆気なさすぎやしないでしょうか」

と言って腕時計を見た。私も一応家を出る前に二、三の案内書をひらいて、法乗院には曽我五郎時宗のものだといわれる足跡がきざまれている石のあること、霊巌寺には江戸六地蔵のひ

とつがあることを知っていた。

「岩崎さんは、両方ともご存知なの」

「いいえ、霊巌寺だけしか……」

「ぼくは両方とも知らないいんですけど、法乗院は髪結新三の背景というだけで、例の殺しの場面につかわれている閻魔堂は関東大震災のとき焼けちまったらしいし、霊巌寺の六地蔵だけはこのさい見ておきたい気もしないではないんですがね。おなじ歩くんなら、例の防潮堤で大川は見えないにしても、戦災に焼けのこった佐賀町や、荷風が『深川の散歩』に書いている油堀や仙台堀がどうなっているか、そっちのほうを見ながら河岸づたいに行ってみるのもいいんじゃないでしょうか」

と、私は岩崎がさし出した地図のその部分を指先でなぞってみせた。

いわゆるコンサイス判の二万五千分の一とか二万三千分の一というような区分地図帖には、その日私が見たいと思って家を出て来た目的地の、森下三丁目地点で小名木川から北にむかって切れこんでいる小さな掘割は図示されていない。図示されているのは岩崎が持参した一万分の一というような大判の江東区図だけで、私が二年ほど以前にせっかく六間堀を見に来ていながら、そこを見落してしまったのには二つの原因があった。慾ばってさんざんよそを見た帰りで日が暮れかけていたことと、コンサイス判の地図しか携行していなかった――つまり、その地図にはその地点が図示されていなかったためである。図示されてさえいたら、すこしぐらい暗くなっていても、恐らく私は疲れた足をひきずってでもその地点へ行っていたに相違ない。私が大判の地図を入手して、その掘割の欠片のようなものがこんにちもなおほそぼそと残存しているらしいことを知ったのは、それよりも後日になってからのことであった。

そのことを私は正直に電話で打ち明けて、だから行ってみようかと思っていると告げたのであったし、岩崎はそれなら自分も同行させてもらいたいと言ったのであったが、彼自身はその地点を知っているのかどうか。

いずれ現地まで行ってみればわかるはずのことなので、私は強いてたずねなかったが、岩崎には今度のようにこちらがたのみもしないのに気をきかしていきなり複写を送ってきたり、全集未収録の荷風書簡の所蔵者を訪問して来たなどと報告してよこすことがある一方、どうかすると俄かに口数がすくなくなるようなところがある。たとえば彼はどこかの女子短大につとめている様子なのだが、私は今もってその校名を知らない。交際がはじまってから日の浅いせいもあるにしろ、どうも彼の場合、それればかりではないものがあるようであった。

「佐賀町のほうは私も歩いていませんから、じゃそちらにしましょう」

岩崎はコーヒーのカップを置くと、あっさり私の提案を受けいれた。毎度のことながら、私がなんらかの意志表示をすると、彼はいつもけっして反対したことがない。そういう点に関するかぎり、彼はおどろくほど謙虚であった。

隔月刊のS―誌に十二回、二年間という約束で私が永井荷風に関する連載をはじめたのは、昭和四十八年三月のことである。そして、第八回までは順調に進行したが、四十九年七月に発行されるはずの第九回分の掲載誌が、いわゆる石油ショックのために二カ月おくれた九月にようやく発行されたかと思うと、次にはそのおくれを取り戻すために第十回の掲載誌は十月に発行されるという変則な事態が生じた。その場合も、発行の日付と原稿の実際の締切日――特に執筆開始時点とのあいだに一カ月以上のひらきがあったことはことわるまでもあるまい。なんでも暑い季節だったという記憶が、私には皮膚感覚としてのこっている。

二カ月に一度のペースで書き進めていたものが、途中でいちど四カ月間隔になっただけでもかなり調子をみだされていたのに、発行が継続されることになると今度はすぐ次の月に書かねばならぬことになったために、あせってはいけないという自制心が、かえって気をまぎらそうという方向にそれていったためだったのだろうか。まったくの偶然ながら、小門勝二氏の『荷風歓楽』が河出書房新社から重刊されたのもそのころ――いまその奥付をみると《昭和四十九年八月二十日新装第一刷発行》となっているが、岩崎宏也を私が識ったのもそのころのことで、たまたまA―新聞の消息欄で永井荷風研究会という会合のあることを眼にしたのが発端であった。

それは講師が仏文学者のT―氏、会場は八丁堀のR―会館、会費は五百円というもので、連絡先の場所も氏名も示されてはいなかったが、電話番号が出ていたので、私にはかつて一度もその種の経験がなかったことながら、講師と演題に惹かれるままに、手さぐりをするような思いでダイヤルをまわしてみた。そして、自分は会員ではないし、今回だけ聴講させてもらいたいと思っているのだが、そういう身勝手な飛び入りがゆるされるものだろうかとたずねると、若い男性の声であったが、どうぞ、お待ちしていますという返辞であった。それからこちらの住所氏名を問われるままに答えて電話を切ったあとも、私はまだ行こうか行くまいか迷っていた。会場へ行く前に、鉄炮洲稲荷や霊岸島のあたりでも歩いてみようかというふうな気持が生じなかったら、恐らく私は参加を思いとどまっていたに相違ない。

ところが、都内としてはめずらしく人通りも交通量もすくない、むしろ閑散とした感じのなかに、わずかながらも潮の香がただよっている霊岸島のあたりを三十分あまりもぶらついてから会場へまわってみると、知名度の一応高いといえる講師なのにもかかわらず、聴講者は二十名をようやく越える程度でしかなかった。どういうグループなのか、比較的若手によって結成されているらしいその日の主催者が、無力なためかもしれなかった。暑中休暇で、学生が東京にいなくなる季節のせいもあったろう。みたところ、男女がほぼ半数ずつで、大部分は二十代のように思われた。が、それだけに小ぢんまりとした感じもあって、テーブルも円卓形式のならべ方がしてあったし、講師の話し方も講演というよりは講話にちかい、しっとりしたものであった。折から必要にせまられるままに、すこしは参考文献や論考などを読みあさっていた私としては特に耳新しい知識は得られなかったものの、その論旨の展開の仕方にはフランス文学への深い造詣に裏づけられた格調の高さがあった。

そして、一時間をやや越える談話が閉じられると、三十代なかばかとおもわれる長髪の血色がわるい青年司会者が聴講者に質問をもとめたが、私同様の個人参加者ばかりのためか、他人の顔をうかがうか下をむくかしてしまって、誰ひとり発言する者がなかった。そんな有様を見かねたためだとしか考えられない。突然、司会者は私を指名して、なにか感想をのべるようにといった。

あとになってから考えれば、私の予測はすこしあまかったといえるかもしれない。聴講資格に関する問い合わせの電話をして、きかれるままにこちらの住所氏名を告げたとき、恐らく講演会当日の司会者と同一人物だと思われる相手は、「あッ」というような小さな声を発した。

私の知名度など、その日の講師にくらべれば問題にならぬほど低いものであるにしろ、荷風に関する文章を連載中であってみれば、かりにも荷風研究にかかわりをもつその会合の連絡先として電話口に出た相手が私の名を知っていたとしても、ある程度まで不思議はなかった。そして、その当日も私は会費を支払ったとき、受附で住所氏名を書かされていた。しかも、聴講者のなかには七十年配かとおもわれる人も一人二人いたにはいても、私は年長者の一人に相違なかった。発言をもとめられるなどとは考えてもいなかった私のほうが、むしろ迂濶だったのかもしれない。

私は、司会者はもちろん講師ともまったく面識がなかったので、フランス文学者としての角度からの大変いいお話がうかがえて有難かったという意味のことを手短かにのべおわってから、講師に対して失礼に当らぬ程度の時間をみはからって他の人びとより一足先に会場を出て、エレヴェーターのほうへ歩きはじめると、

「失礼ですけど、お急ぎですか」

私を追って来たらしい四十年配の眼鏡をかけた人に廊下で呼びかけられた。

「……どういう意味でしょう」

べつににらみつけたというような覚えもなかったのに、相手は一瞬ひるんだような様子をみせながら、私がS―誌に書いているものを読んでいるので、荷風に関する質問を一つ二つさせてもらいたいのだと、口ごもるような口調でこたえた。

それが、岩崎宏也であった。

「読んでくださってるということでしたら申し上げるまでもありませんけど、はじめのほうに書いておきましたとおり、ぼくは中学のころから愛読していたというだけで、荷風を系統的に読むのも、調べごとをするのも今度がはじめてですから、質問とおっしゃられても満足なお答えはできないと思います。でも、どこかでコーヒーをのんでから帰ろうと思っていたところですから、よかったらご一緒しましょう」

このうえ誰か会場から出て来る者があるといっそう面倒なことになると思ったので、私はそう言っているあいだにも歩きはじめてエレヴェーターに乗っていた。そして、暗い大通りへ出

るとむこう側にそれらしい店があったので、道路をわたった。

「私、こういうことをしております」

レースのカーテンをさげた、大きなガラス窓にちかい席に坐ると、岩崎は例のショルダーバッグのジッパーを開けた。そして、私がこれまでに見たことのない国文学雑誌を取り出すと、自身の書いたものが掲載されているページを開いて差出した。

それは、荷風の主要な作品のひとつを奈良県の某図書館に収蔵されている原稿と比較対校しながら、異本との異同などによって推敲過程を丹念に追尋したもので、はっきり言えば私などにはいちばん興味のないものであった。しかし、いましがた声をかけられたばかりで話のいとぐちが見出せぬままに仕方なく眼を通していると、

「名刺がわりでございますから、ご迷惑でなければお持ち帰りになって、おひまの折にごらんください」

と言ってから、彼は一転して私の旧著の名を二冊挙げて私を驚かした。それは、両方とも徳田秋声に関するものであった。

「あのなかに、高橋山風という人が出てまいりますね。最初のご本ではどういう人かまだよくおわかりになっていなくて、二冊目のころにはだんだんわかってきたという事情もおありになったかと思うんですが、ずいぶん興味をお持ちのようですね」

「そうみえますか」

私が笑うと、岩崎も笑ってうなずいた。

「どういうものか、ぼくには若いころから零落趣味があるんです。自分が貧乏をするのはいやですけれど、一流の花柳界の名妓より、名もない陋巷のひかげの花にひかれるという傾向は、ぼくだけじゃなくて荷風にもあるでしょう」

「たとえば『濹東綺譚』のお雪とか……」

「お雪ばかりじゃなく、『つゆのあとさき』の君江にしたって、『ひかげの花』のお千代にしたって、『雪解』のお照にしても、みんなそうです。それに、例の『日和下駄』の裏町を行こう、横道を歩もうというあの考え方そのものが貧窮志向ではなくて、零落趣味だとぼくは思うんです」

「………」

「ですから、ぼくのそういう趣味の淵源は中学時代に読んだ『日和下駄』にあったのかもしれません。しかし、ぼくの意識にはっきりそれがのぼってきたのは長田幹彦からで、幹彦を読んだからそうなったのか、そういう趣味があったから幹彦にひかれたのか、いずれにしろ幹彦は第一級の文学者ではありませんが、戦時中に大正文学研究会というものがありましたときにも、ひとつには時代に対する抵抗という意味もあったんですが、ぼくが会に提出した研究テーマは『長田幹彦を中心とする情話文学の考察』というものだったんです」

「それは、ご発表なさったんですか」

「いいえ、近松秋江とか、小山内薫、田村俊子、谷崎潤一郎、小栗風葉といった人の作品をほんのわずか読んだだけで、プラン倒れに終りました。だいいち、あのころはそんなものの発表舞台もありませんでしたしね」

煙草をすわぬ岩崎は、コップの水を一口のんでからまたうなずいた。

「幹彦にぼくが興味をもちはじめたのは『祇園夜話』や『鴨川情話』や『小夜ちどり』からじゃなくて、『零落』とか『澪』『扇昇の話』といった零落趣味の作品からだったものですから、その後も心の片隅では、いつも斎藤緑雨とか、高橋山風とか、井上唖々というような暗い人生を送った人に、どうしてもひかれるといってはすこし違いますが、心を取られるところがあるんです。そのくせそういう人たちに正面から取り組んでみようとしないのは、斎藤緑雨はいくらか違いますけど、取り組んでみても、そこからは大したものが出て来ないということが、入り口のところだけで終ってしまったにしろ、幹彦で一応経験ずみだからなんですが、こういうのを骨がらみっていうんでしょうか。秋声に深入りすれば山風に、荷風に深入りすれば唖々に興味をいだかされるのは事実です。もっとも、いま書いている荷風の仕事は秋声の場合ほど大きなものじゃありませんから、唖々にはほとんど触れていませんけど」

「山風と唖々では、どういう点が違うとお考えですか」

「強いて二人に共通点をもとめれば、天才といいますか、大作家のすぐ傍にいたために不幸がいっそうクローズアップされるという一点だけで、二人はおよそ正反対といっていいほど違っていたでしょう」

「私には、山風という人がよくわかっていないもんですから」

「山風は象徴派の詩人で、読売新聞や新小説なんかにも新体詩を載せているわけですが、裕福だった家がかたむいたらしくて、くわしい事情はわかりませんけど、金も必要だったんでしょうか。小説も書いたために、秋声の新聞小説の代作をするようになったわけです。……もっとも、当時の代作という行為には、ぼくもあそこに書いておきましたように、貧しかった文学者同士の相互扶助といった意味もあって、したほうと、させたほうと、どちらがいいか悪いか、現在の基準で判断するわけにはいかないものがあるようです。それにしても、ぼくの著書は秋声中心ですから、どうしても代作者としての面ばかり取り上げることになって山風にはすこし気の毒なんですが、啞々は荷風の情事のすっぱぬきみたいなものは書いても、代作はしていないでしょう。一作だけかもしれませんが、代作をした山風とは違って、啞々は文人としてのプライドを最後まで持っていたし、荷風も『断腸亭日乗』のなかでしたか、名聞を欲せず、成功を願わず、ただ酒を飲んで喜ぶのみと書いているように、世間的な名声や功名心をまったく棄てていたような点が山風とは違っていたと思います」

「ほんとうに、啞々は文人として無慾だったんでしょうか」

「それに、お答えしなきゃいけませんか」

「いえ、おいやでしたら結構です」

「いやとかなんとかじゃなくて、ぼくは啞々の文章をいくらも読んでないもんですから、断定は留保させてもらうほかないんですけど、秋庭太郎さんは啞々の文業をもういちど見直すべきだというような意味のことを書いておられましたね」

「たしか、再認という表現だったと思います。私も同意見なんです」

「それは、荷風をより深く理解するためにはという、いわば媒体としての前提条件を取り去っても……ですか」

私がたずねると、岩崎はそれに対してもうなずいてから、自分のために時間をさいてもらって申訳なかったと、くどいほど礼をのべた。

2

荷風研究家の小門勝二氏は新聞記者出身のために、その著書の行文ももっぱら平易さを旨としている。そのために、第三者の文章の紹介や引用にあたってもしばしば旧仮名を新仮名にあらためたり、漢字を仮名にひらくなど、原文とは一応異なる姿となってしまっているものの、私が『荷風歓楽』を通じて、現在では容易に入手しがたくなっている明治末期の「笑」というような、いわばカストリ雑誌に掲載された啞々の文章の幾つかに接することができたのは、その直後のことであった。

井上啞々がこのんで筆を執った短文連作形式ないし雑纂方式による文明批判文を一読して、

斎藤緑雨の『おぼえ帳』『ひかへ帳』『日用帳』などを連想しない者はあるまい。

そこには、形式や文体において、あるいは皮肉まじりの嘲世罵俗風な精神や態度においてもいちじるしい共通点がみとめられるのだが、二人の生い立ちや生き方などの人間的な面でも、微妙な相違があることはもちろんながら、濃密に相似するものが見受けられる。

啞々より一世代前に生をうけている緑雨が三十八歳で歿したのは、自然主義文学が全盛期をむかえる直前——日露戦争中の明治三十七年四月十三日のことだが、博文館から一冊本の『縮刷＝緑雨全集』が出版されたのは歿後十八年目に相当する大正十一年四月のことである。

その一冊におさめられて、目次とそのページだけが緑色に印刷されている上田萬年の講演速記らしい回想記風な序文は《苟も一芸に秀でたる人の伝記に対しては、其短所をも研究し長所と共に併せて之れを見るが其の当を得たるものと信ず。》としながらも、ふかい理解をしめした知己の言というほかはない。緑雨伝の基礎をなすものとして、今日もなおその価値をうしなってはいないが、それと二、三の参考文献とをつきあわせてみれば、境遇の上でも啞々との相似はいよいよ否定し得ないものになる。

明治改元の前年にあたる慶応三年に伊勢で生まれた緑雨＝斎藤賢は、かぞえ年十一歳のとき一家とともに上京して、父が旧藩主藤堂家の隠居の抱え医師となった関係から本所緑町の藩邸内に居住して、父の師である其角堂永機について俳句の手引きを受けたり、近所に住む幼な友達であった、のちの国文学者で円地文子氏の父にあたる上田萬年と回覧雑誌をつくったりしている。そして、萬年との交友は断続的ながら死に至るまで持続されたが、この点も啞々と荷風との交友に通じるものがある。

が、抱え医師とは名目だけのものでしかなかったからなのだろうか。貧困ゆえに小学校以来幾多の学校を転々とするばかりで、一校として卒業するまで在学したことのなかった緑雨は永機の紹介で仮名垣魯文の弟子となって、魯文を主筆とする「今日新聞」に職を得たのは十七歳の折であったが、社長小西義敬に可愛がられて狭斜の巷にしたしんで、花街の裏面に通じるに至った。萬年によれば《之を譬ふるに、貧生が苦学数年、業成りて官費留学の恩命に接し、ドクトルの学位を領したるが如し。》ということになる。

が、《小西の後に彼れを保護するものなく、社会の怒濤中に捨てられたる》緑雨は《めざまし新聞、自由之燈、国会、東京朝日新聞、大同新聞、平民新聞、二六新報、時論日報、万朝報》などに就職したり寄稿したりしながら、確実に文人としての地歩を占めていく。そして、狭斜の巷で江戸趣味をやしなわれた彼は、いわゆる寸鉄人を刺すていの短評のうちに通人気質をふりかざして明治の新文化を揶揄するいっぽう、戯作の系統をひく花柳小説などを書いて文名をあげたのにもかかわらず、『青眼白頭』中の高名な《按ずるに筆は一本也、箸は二本也。衆寡敵せずと知るべし。》という箴言からもうかがわれるように、物質的には終生めぐまれることなく、肺結核でたおれている。

啞々の生涯には、そうした緑雨の人間的軌跡におどろくほど相似しているものがあるのだが、それを単なる偶然の符合とばかりみなすわけにはいかない。緑雨が本所緑町に居住していたところから江東みどりの筆名をもちいているひそみにならって、短期間ながら深川東森下町に隠棲したことのある唖々は深川夜雨、もしくは深川夜烏を筆名のひとつとしている。また、緑雨が生前緑雨醒客と名のったばかりか、戒名も春暁院緑雨醒客であるのに対して、唖々が九穂山人、玉山、桐友散士、破垣花守などのほか不願醒客とみずから名のっていることなどにも、多分に緑雨の存在を意識したところがあったとみてまちがいあるまい。

緑雨と唖々との相違といえば、緑雨が二人の弟の教育のために経済援助をして、女性嫌忌から独身に終始したのに反して唖々が妻帯して二子の親となっていることと、生家が緑雨の場合ほど貧しくなかったことぐらいのものだが、唖々の文章の底にも女性嫌忌とはいわぬまでも、女性蔑視の傾向が隠顕している。とくに女流教育者から女学生にまでそそがれる冷眼には、感情的としか考えられぬものがある。

緑雨伝の基礎をなすものが莫逆(ばくげき)の友上田萬年の追憶記であるように、唖々＝井上精一伝の場合も、《唖々子が八年目の忌日》にあたる昭和五年七月十一日付の『断腸亭日乗』に《年〻物事忘れ勝ちになり行けばこゝに思出すまゝを識し置くべし》として、荷風が記載している略伝を根幹とすべきだろう。

むろん、それは記憶にのみたよった記述だから、時日の上での錯誤はまぬがれない。そのため、秋庭太郎氏の『考証＝永井荷風』や『永井荷風伝』のほか唖々自身が折にふれて発表している文章などをつきまぜていってみると、彼は加賀藩士の漢学者であった弘化二年生まれの如苞＝井上順之助の長男として、明治十一年一月三十日に名古屋で生誕している。父が維新後内務省に出仕して、名古屋の県庁に奉職していたためであった。弘化二年は西暦一八四五年だから、如苞はこのとき三十四歳で、当時としてはおそい子持ちであったことが、唖々を放縦におちいらしめた二つの原因のうちの一つだったろうと考えられる。

如苞が一家をたずさえて上京したのは、旧主前田家の家扶に転じたためで、『断腸亭日乗』によれば、《当時鉄道は横浜以西には未布設せられず、旅人は人力車にて東海道を行き箱根の山はむかしに変らず駕籠にて越えたりと云ふ、唖々子晩年幼時の追憶を筆にせしことあり》とのことだが、もしそれが事実なら、横浜＝国府津間に鉄道が開通したのは明治二十年七月十一日だから、彼の上京はそれ以前でなくてはならない。ところが、岩崎宏也から贈られた『烏牙庵漫筆』の複写をみると、《加賀屋敷通用門内の御小屋に居を構へてより年を経ること此に二十星霜なり。十歳より十六歳の秋までは、東竹町京華中学の所在に、予が家存せり。》と唖々自身は記している。

東竹町はかつての本郷元町と順天堂病院の所在地である湯島五丁目とのあいだにはさまれた、水道橋とお茶ノ水との中間——現状でいえば本郷二丁目の一角で、唖々の十歳から十六歳までは明治二十年から二十六年に至る期間だから、彼が名古屋から上京したのはそれ以前で、上京直後にはどこか別の土地に居住していたのではなかろうか。

ほかでもない。小門勝二氏が『荷風歓楽』で紹介している例の「笑」に掲載された明治四十三年十月の散策記『橋から橋』のなかには、《和泉橋に近い秋葉の原に、チャリネの曲馬を見に行った昔》という一節がある。また、大正七年一月の「文明」に不願醒客の筆名で執筆した『東京の町』のなかにも、《この原にチャリネの曲馬が興行せられた時、私も父と一緒に行つて、チャリネが虎を使ったことを今でも覚えて居る。》とあるが、石井研堂の『明治事物起原』によれば《伊太利人ジー、チャリネといふ曲馬師》が《神田秋葉原の興行に、大入大繁昌を占めた》のは《明治十九年の夏より十一月迄》であって、岩波書店版『近代日本総合年表』をみるとその興行期間は同年九月一日から十月三十日までとされているから、啞々は明治十九年——九歳の年にはすでに上京していたことになる。そして、その二年後の二十一年七月四日に、彼は東竹町の家で、ある意味では彼の人生を左右されることになった生母三千代の死に遭っている。

そこでふたたび『断腸亭日乗』にもどると、《余の始めて啞ゝ子と交を訂せしは明治廿五六年の春余が神田一橋なる高等師範学校附属尋常中学校に入りし時なり、子は学課の成績好かりしが殊に漢学と歴史との二科は常に教師の歎称する所なりき》とのことである。が、啞々は荷風より一歳年長の上に早生まれだから、はたして同級であったのか否か。荷風の文章に関するかぎりどれをみても同級のようにおもわれるが、そんな詮策より、二人の交友にとっては次のような事情のほうがより重要にちがいない。

渡米してプリンストン大学にまなんだこともある荷風の父永井久一郎は、旧幕時代に師事した経学の師鷲津毅堂の女である恒（つね）と結婚して、維新後は文部官僚の道をあるいた。そして、明治二十三年山県有朋内閣の文部大臣芳川顕正の秘書官となったような人物だが、禾原（かげん）と称した漢詩人でもあった。したがって、荷風もはじめ漢詩作法の手引きを父から受けたが、『十六七のころ』には、《それから父の手紙を持つて岩渓裳川先生の門に入り、日曜日毎に三体詩の講義を聴いたのである。裳川先生はその頃文部省の官吏で市ケ谷見附に近い四番町の裏通りに住んで居られた。》《わたくしは裳川先生が講詩の席で、始めて亡友唖々君を知つたのである。》とのべられていて、それは私が最も信頼している竹盛天雄氏作製の荷風年譜にしたがえば明治二十九年のことだから、表題とは相違して、かぞえ年では荷風十八歳、唖々十九歳のときにあたる。

以後、二人の交友は親密の度をふかめて、悪所がよいもともにする仲にまで進展していっただけではない。漢文学への学殖、東洋的文人趣味、皮肉な世相批判、江戸追慕など、趣味嗜好の上でもほとんど双生児にすらひとしいものを共有するに至るのだが、実際に遊里へ足を踏み入れたのは年少の荷風のほうが一歩早かった。

はじめて荷風が吉原に遊んだのはその翌年、中学を卒業する直前の二月——といっても彼は明治十二年十二月三日の生まれだから、満では十七歳と三カ月のころのことである。そして、唖々はその年第一高等学校へ入学しているのだが、荷風はおなじ学校の受験に失敗したため、官界を去って日本郵船の上海支店長になっていた父の任地へ母や二弟とともに渡航したのち、十一月に帰京して高等商業学校附属外国語学校の清語科へ入学している。が、しかし、それは父へのほんの申訳のようなものでしかなかった。荷風の心はそのころから父の望む官吏、または実業家への道とはまさに正反対の方向を志向しはじめて、翌明治三十一年九月には短篇小説『簾(すだれ)の月』の原稿をたずさえて広津柳浪の門をたたいている。

そのあとにも幾つかの曲折——たとえば落語家朝寝坊むらくに弟子入りして三遊亭夢之助の名で高座にあがったり、福地桜痴について歌舞伎座の座付作者見習となって楽屋に入るなどのことがあったのち、さらに足かけ五年に及ぶ米仏滞在期間などがつづいたものの、結果的には柳浪訪問が彼の作家的出発点といってまちがいではないだけに、問題はなぜ彼が柳浪を師とあおいだかにかかってくる。自作『つゆのあとさき』の発想を語る目的で昭和七年五月に書かれた『正宗谷崎両氏の批評に答ふ』のなかで、荷風はそこのところを《わたくしが中学生の頃初め漢詩を学び其後近代の文学に志を向けかけた頃、友人井上唖々子が今戸心中所載の文芸倶楽部と、緑雨の油地獄一冊とを示して頻に其妙処を説いた。これが後日わたくしをして柳浪先生の門に遊ばしめた原因である。》とみずからのべている。

すなわち、日本近代文学史上に巨大な足跡を印した永井荷風の文学的開眼に決定的な影響をあたえたのは井上唖々にほかならなかったのであったし、同時にこの一節からは、唖々自身いかに早くから斎藤緑雨に傾倒していたかをもあわせうかがうことができる。さらに、柳浪の『今戸心中』は遊女と遊客との人情の機微の背景として吉原の風俗を精細に描叙したものであって、緑雨の『油地獄』は片思いに終らされた芸者に対する男の怨念をえがいた作品である。そのことを、その後の二人がいかなる文学的進路をたどったかにかさね合わせれば、唖々が荷風に説いた《妙処》が彼自身にとっても、また荷風にとってもいかに重大な意味をもつものであったか、贅言するまでもない。

唖々の他界直後に執筆された『梅雨晴』は、その病床を見舞った亡友との最後の語らいのありさまと、荷風がむらくの弟子時代——二十一歳の明治三十二年ごろにおける青春回顧のひとこまをのべながら、いっさいの感傷をはらいのけてベタついたところのひとかけらもない名品のひとつである。

明治二十年から二十六年の秋まで唖々が本郷の東竹町に居住したことは前にみておいたとおりだが、おなじ『鳥牙庵漫筆』によれば《その先は神田猿楽町に住みたりしが》という一節がみとめられる。それから、さらに彼の一家は転居をかさねたのだろう。『梅雨晴』には、唖々の家が飯田町三丁目にあったとされている。いっぽう永井家は明治二十七年から三十五年まで麴町一番町にあったので、二人は毎日のように往来していたが、そんな或る夕荷風が唖々を訪問しようとして九段坂をくだって行くと、大きな荷物を背負った唖々が逆に坂をのぼってくる。《頤が突出たのと肩の聳えたのと、眼鏡をかけてゐるのとで、すぐに見定められた。》という一節から唖々の風貌を知ることができる。その荷物は漢学者である父の蔵書のなかから盗み出してきた漢籍で、二人は坂上の質屋へはこびこんで掛け合うが、彼等ののぞむ金額にははるかに及ばない。そのため荷風は自家が買いつけにしている芸者家新道の曲り角にある煙草屋へ行って、友人が遊廓から馬をひいてきたといつわって、急場を救ってくれと顔なじみの主人をおがみ倒して借りた金で吉原へ繰り込む。

『梅雨晴』中の挿話はそういったもので、まったくの余事ながら質屋の屋号は篠田と明示されていても、煙草屋のほうの名は記されていないので附近の居住者にあたって調べたところ樺沢と判明したから、詮策好きな読者のために書きそえておく。

荷風が蘇山人という筆名をもつ清国人羅臥雲の紹介で巌谷小波をかこむ木曜会の会員になったのもおなじ年のことだが、啞々はそれより早く——前後の事情から推測すると明治三十一年、荷風が知らぬ間に木曜会へ加入してしまっていた。啞々にしてみれば、親しい仲だけにかえって荷風には打ち明けそびれたのだろう。『梅雨晴』とほぼ同時に発表された談話筆記による回想記『井上啞々君のこと』には《生田葵山君と啞々君とがどうして知り合つたのか、その動機はよく知らないが、君は在学当時、葵山君の紹介で、巌谷小波の木曜会に出席するやうになつた。そんな関係で君も大学館に這入つた。》とされている。

大学館は神田鍛冶町にあった受験案内や講義録などの出版社で、生田葵山がそこから刊行されていた文芸雑誌「活文壇」の編集にたずさわっていたところから、啞々はその助手——現在の学生アルバイトのようなかたちで出入りしているうちに社員になって、そのまま大正元年の秋ごろまで十四、五年も勤続することになってしまう。が、そうなったのについては、当時の彼の健康状態や、そのころから急速に傾斜していった蕩児としての一面のほか、次第にそなわりはじめた陋巷隠士的な性向をもみのがすわけにはいかない。

大正七年二月発行の「文明」第二十三号に掲載された唖々のエッセイ『風見鳥』には、自身の病状に対する三人の博士の診断がそれぞれ異なったことを挙げて、名医と称される人たちへの不信感をのべた一節があって、《余廿一歳の冬乱酔して積雪の上に横臥し熟睡之を久しうす。忽然として眼覚むるや満身冷却して悪寒頻りに発す。翌日発熱し胸痛頻りなり。》《余佐々木病院に在ること二箇月、更に鎌倉に転地すること約一ケ月にして病全く癒えたり。》と記されている。が、《全く癒え》ていたのだとすれば、休学していたあいだに学業のほうが追いつかなくなったのだろうか。翌明治三十二年には、第一高等学校を退学している。大学館に職があったから退学したのか、退学したから大学館にとどまったのか、いずれかになんらかのかかわりがなかったこともあるまいが、隠士的な性向から学業をおろかしく感じるに至った結果とみるのがもっとも妥当だろう。

唖々が明治三十五年九月の『暗面奇観・夜の女界』、翌三十六年の『女性観察・女の世界』、同年八月の『小説道楽』を大学館から出版しているのは右のような縁故によっているが、桐友散士の筆名をもちいた——事実は荷風ならびに木曜会員のひとりであった後年の少年冒険小説作家押川春浪との分担執筆とつたえられる『夜の女界』は、高利貸への返金にせまられて執筆されたものだといわれている。そして、その借金が遊蕩の資金に充当されたものであることは、『夜の女界』を一読してただちに納得できる。遊女や芸者、銘酒屋の私娼から矢場の女、かこい者、後家、女師匠その他にまで及ぶ広範囲な暗黒面の女界を視野に入れながら、その観察がいわゆる微に入り細をうがっているからである。また、明治三十五年といえば春浪が二十七歳、啞々が二十五歳、荷風に至っては二十四歳でしかないが、とうてい二十代の筆者たちの手になるものだなどとは思われぬことから、彼等のその世界への没入の深さがうかがわれる。

なお、『夜の女界』には荷風自筆の書き入れと伝えられるものがあって、彼がどの章を執筆したかが明らかにされている。さらに、啞々の桐友散士という筆名の由来については、吉原の河内楼という妓楼に花桐と花友という娼妓がいて、そこから桐友の二字が取られたこと、花友が啞々の敵娼（あいかた）であったことなどのほか、《稿料一冊弐拾伍円にして当時啞々子が館主に厚遇されたるを知るべし美妙斎すら拾円なりき、館主が番茶の外に餅菓子を添へて出せしを以ても厚遇の程窺ふべし》という一節もみられる。美妙斎は山田美妙で、こんなところにも、斎藤緑雨が最初に就職した「今日新聞」の社長小西義敬に愛されたことに通じるものがあるといえるだろう。

世相に対しては痛烈に批判をくだしても、啞々には対人関係で愛し親しまれる面のあったことがこの辺からもうかがわれるのだが、後年まで木曜会員との親交が持続されていることもまた右の事情を証拠づけている。

にもかかわらず、最も親しかったはずの荷風とは、明治三十六年九月から足掛け六年、満では五年弱に及ぶ荷風の滞米欧期間のはてに、あやうく離間しかねぬ危機に見舞われる。帰朝直後の荷風の内部には、西洋を模して遠く西洋の近代に及ばぬ明治末期日本の現状の愚劣さ、醜悪さに対する嫌悪がほぼ頂点にまで達していたのに対して、啞々は牢固たる江戸趣味を堅持しつづけていたからであった。

が、ほどなく荷風が芝の山内をあるいて徳川家霊廟の結構の妙に打たれ、啞々と連れ立って向島から亀戸へあるいたとき、至るところの神社や仏寺に俳句の額や石碑があるのを眼にして、パリの公園や墓地の墓標にきざまれていた古人の詩句に通じるものを見いだした。さらに、柳橋や新橋に遊んで、なお濃密に江戸文化の伝統が継承されていることを感受して、旧友とのあいだに共感をよびもどした。荷風の明治四十二年の作品『冷笑』には、明らかに二人がモデルと察せられる吉野紅雨と中谷丁蔵という架空の人物に託して、《あゝ江戸時代なるかなと云ふこの感激は、相互から不思議な親しみを以て、帰朝以来一度離れやうとした紅雨と中谷さんとの間を以前のやうに結びつけたのであつた。》とのべられている。

アメリカからフランスに渡った荷風が神戸に帰着したのは明治四十一年七月十五日で、荷風三十歳、啞々三十一歳のときのことであったが、文学者として二人がほぼ対等の立場にあったのは荷風の渡米以前までであって、帰朝後の二人には次第に大きな差がついていく。その年の

『あめりか物語』、発売禁止を受けた『ふらんす物語』の両著によって新帰朝者としての荷風の文名は爆発的に高まった。四十二年に入って矢継早に書かれた『深川の唄』『曇天』『監獄署の裏』『祝盃』『歓楽』『新帰朝者日記』『すみだ川』『冷笑』などによって彼が一躍流行作家にのしあがったのに対して、啞々は以前どおりうだつのあがらぬ出版社員であった。さらに荷風が四十三年、森鷗外と上田敏の推輓によって慶応義塾文学部教授となって、「三田文学」を主宰創刊するに至って、その差は決定的なものとなる。

　収入の多寡によって優劣をうんぬんするほど文学者を馬鹿にした話はあるまいが、荷風の俸給が「三田文学」主幹としての手当をふくめて百五十円であったのに対して、啞々の大学館から支給されていた月俸がその七分の一にも充たぬ二十円であったことは、この場合にかぎってほとんど象徴的であった。

《子は二十歳の頃より当時の青年とは全く性行を異にしたる人にて名聞を欲せず成功を願はず唯酒を飲むで喜ぶのみ、酒の外には何物をも欲せざる人なり、生れながらの酒仙とも謂ふべし、されば平生作る所の文章俳句の如きも世の文学雑誌に掲載することを好まず、酔後徒然の折〻草稿を浄書し自ら朗読して娯しみとなすのみなりき》とは『断腸亭日乗』の一節だが、この観察には疑念をいだかせるものがある。啞々が、『夜の女界』の著者であることを思い出せば最も手取早い。啞々は、女遊びもしている。女の借金を返済するためには、金が欲しいと書いている。深くなった女と、同棲もしている。金銭に無欲ではなかったと同時に、陋巷隠士的な性向をもあわせ持っていたとみるのが至当だろう。

明治四十二年は、荷風が帰朝した翌年——彼の文名がいよいよ高まりつつあった時期だが、唖々はちょうどその時期に、勤務だけは棄てていなかったものの、深川区東森下町の六間堀に近接した、湯灌場大久保の裏長屋に隠棲しはじめている。

大正六年六月発行の「文明」第十五号に掲載された唖々の『裏店日記』をみると、《何故湯灌場大久保と言ふのか、それは長慶寺の湯灌場と大久保の屋敷と隣接して居る所から起つた名である。露地を入つて右側の五軒長屋の二軒目、そこが阿久(おひさ)の家で、即ち私の寄寓する家である。阿久はもと下谷の芸者で、廃めてから私の世話になつて二年の後、型ばかりの式を行つて内縁の妻となつたのである。》とされているが、わずかに二畳と四畳半という二間きりの家でお久の母と姉とともに四人で暮したのだから甘い思いに充分ひたれたとは考えられない。やはり「文明」の第二十号に発表された『水難情話』は、東京だけでも十八万五千戸に浸水した明治四十三年八月八日の洪水を扱った作品で、床上まで浸水したためにお百は姉のお千と二人で家財道具を徹夜でまもるが、亭主の十吉は前の日の朝つとめに出たきり外でのんだくれて二晩も帰宅しない。翌日やっと戻って来て畳を新調する工面をせまられるといった、恐らく事実そのままを描いたとみてまちがいないものである。

そして、もういちど『裏店日記』をみると、唖々はその家で《四年の歳月》をすごしている。それゆえにこそ深川夜烏という筆名も生まれたにちがいないし、のちのちまでその時代を思い出しては幾つかの作品や随想も書いているのだが、それほど長く彼がその家にとどまった原因は、お久と別れがたかったからばかりではなさそうである。継母との折り合いが悪くて家をとび出たために、帰宅したくなかったという事情もあったものと思われる。

明治四十三年五月の「三田文学」創刊号に、啞々は深川夜鳥の筆名で五篇の小品からなるオムニバス形式の『火吹竹』という作品を掲載しているが、そのなかの一篇『風』には、《襖を隔てて継母の尖つた声が聞えると、居ても立つても居られぬ程疳に障る。手当り次第に物を抛り付けて見たくなる。冷い、固い床の中に身を横へる。死んだ母が無性に恋しい。声を放つて思ふ様泣きたい。》という一節がある。三十四歳にもなってから書かれた作品であるだけに、異様な気がする。啞々の継母は第一高等学校の校長となった酒井佐保氏の令嬢だったから、いわゆる無教養な女性ではない。どちらに非があったか、啞々の文章だけを一方的に信じるわけにはいかないが、「文明」と「花月」に書かれたエッセイだけでも世の一般の継母を批難した部分が六カ所もある。女学生や女流教育家に対するむき出しな悪感情なども、教育者の娘であった継母への憎悪の照り返しではなかったか。とすれば、彼の深川住いも継母の存在と無関係ではないことになる。そして、蕩児への移行も、そこのところにつながるのだろう。

啞々がのちに二児をもうけた山梨県出身のみねと結婚したのは明治四十四、五年だというから、深川を引き払ったのはその直前だろうか。それから、『鳥牙庵漫筆』に《加賀屋敷通用門内の御小屋》と書かれている本郷本富士町二番地にあった前田侯爵家の邸内へもどった彼は、大正元年の秋に大学館を退職したのち、しばらく侯爵家の修史関係の仕事にしたがっていた。そして、慶応義塾の教職をしりぞくと同時に「三田文学」の主幹をも辞した荷風が大正五年四月に籾山書店を発行所として「文明」を創刊すると、毎号のように諸種の文章を寄稿した啞々は同書店へ勤務するようになる。が、荷風は発行所主であった庭後＝籾山仁三郎とのあいだに編集上の意見の不一致が生じて、六年十二月の第二十一号かぎりで執筆を断つ。啞々だけが二十五号まで執筆を継続して、「文明」そのものは七年九月の第三十号まで続刊された。つまり、終刊時における「文明」は籾山仁三郎ひとりの雑誌となったわけで、荷風はそれとは別途に啞々を編集者として、大正七年五月に発行所を自宅において「花月」を創刊するが、その「花月」もまた啞々が毎夕新聞へ入社したのを機に、同年十二月の第八号をもって終刊となった。

以後、啞々の生涯で特に取り立てていうべきほどのものはなにもない。『断腸亭日乗』から、その終焉に関する一節だけをぬいておこう。

《大正十一年の冬頃より酒量も次第に減じ豪気亦昔日の如くならず余を始め知友相逢ふ毎に子に迫りて是非にも医薬を用ゆべしと忠告せしが、子は唯冷笑するのみなり、翌年六月の中旬友人某々等と共に麴巷の旗亭に登り、飲んで夜深に至り酔倒して遂に起つ能はず、翌朝友人に扶けられて東大久保の僦居に帰りしが、病遽に発して医薬もその効なく、七月十一日黎明に至りて瞑目しぬ、年を享ること四十有六なり》

大正十二年七月十一日といえば、それから二カ月もたたぬ間に東京は関東大震災に見舞われている。これということもなく生涯を閉じていった啞々＝井上精一にとって、もしも幸福とよべるものがただひとつでもあったとすれば、それは彼の愛してやまなかった江戸の面影のほとんどすべてを喪失した震災後の姿を知らずに瞑目していったことではなかっただろうか。

3

永代橋のきわから右へまがると、そこがもう佐賀町である。木造もあるが大部分はモルタルの二階屋で、戦前建築のために窓が小さいせいか、曇天のその日は昼から蛍光灯を点じている店が多かった。相場師の町らしく、黒板にチョークで数字の書きこまれているのが道路からも見える。東京穀物商品取引所商品取引員というのが、彼等の職業の正式名称らしい。そんな看板をかけた店があった。時間のせいか、店内も道路もひっそりしている。

「先日、電話でおっしゃっていた『文明』と『花月』は、お読みになりましたか」

岩崎宏也はそんな町に興味がないらしく、私の顔をうかがうようにした。

「啞々の文章と、消息欄の『毎月見聞録』は一字残らず……。あの消息欄は面白いですね。あれで、荷風にゾラを最初に教えた榎本破笠っていう人の忌日を知りました」

私が「文明」と「花月」を読んで唖々をどう考えるようになったか、岩崎がそれを知りたがっていることがわかっていながら、私は結論めいたものを口にしかねていた。

作業員らしい人影はどこにもまったく見えないのに、道路脇に置かれた工事用の発動機のモーターだけが強烈な騒音をあたりに撒き散らしている。

「油堀ですね」

私は言った。

予想していたとおり頭上には高速道路がほぼ完工していて、まだ取り壊されていない中之橋の上に立つと、堀を埋め立てたまま整地されていないすぐ眼の前の盛り土の上に、白粉花の赤い花が風にゆれていた。

唖々は、つまりあれだな……。

その花を見た瞬間、私は自身の結論めいたものを岩崎に告げてしまおうという気になった。その白粉花が、私を決心させた。咲いたけれども、整地されるまでの花だというむごい連想が、私のなかを走り去っていたのであった。

「荷風は、ずいぶん唖々の影響を受けているんですね」

仙台堀にかかっている上之橋にさしかかったとき、私は口を切った。左手のすぐ傍に水門があって、十八時から翌朝の七時三十分まで閉鎖すると掲示されている。

「影響を、荷風がですか」

岩崎には、やはり意外だったらしい。

「そう言って、いいだろうと思います」

荷風は自分が広津柳浪の門をたたいたのは、唖々から『今戸心中』の《妙処》を教えられたためだったと書いている。唖々が「三田文学」に掲載した『火吹竹』中の一篇として東京市中の散策記『柳島』を執筆したのは明治四十三年五月で、『足駄』『足の向く方』『橋から橋』『向島』などを「笑」に発表したのは同年七月から翌四十四年二月に至る期間なのに対して、荷風が『日和下駄』を「三田文学」に連載しはじめたのは大正三年八月である。『足駄』と『日和下駄』という表題にも、無意識とはいえぬものがあるだろう。さらに荷風は戦後に出版した随筆集の一冊を『冬の蠅』と名づけているが、唖々は大正五年十二月の「文明」第九号に『冬の蠅』の表題で俳句を十句掲載している。つぶさに調べれば、もっとあるに相違ない。

「これまで漠然と感じていたことがはっきりしたと言ったほうが正確かもしれないんですが、『文明』で『冬の蠅』っていう題を見たとき、思い当ったんです。唖々のほうが着眼の上では先駆者だし、創造力もあったんですが、『足駄』や『足の向く方』と『日和下駄』をくらべても、冬の蠅の句にしても、才能ということになると勝負にならなかった……」

清洲橋の上に岩崎とならんで欄干へ両肘を突きながら、一時のような悪臭はなくなったものの、私はまだ黒いとしか形容しがたい隅田川の水をながめていた。岩崎は、すっかり黙りこんでしまった。翼が白いというより灰色にみえる鷗が、一羽とんでいる。まだ、ユリカモメが飛来する季節ではない。

清洲橋の地点を越えると道は倉庫街にさしかかって、自然に右へまがってから左折すると、南北に流れている隅田川から東へ直角に切れこんでいる小名木川に渡された万年橋の上へ出る。その橋を渡ってすぐ左折した右側に芭蕉稲荷がある。江戸期にあった芭蕉庵の位置をしめすものだが、どうしてそんなことになったのか、二坪にもみたない狭隘な敷地に、古池やの句碑がミニチュアのような稲荷の祠の赤い鳥居とならんでいる。

「なんとも俗悪ですね」

やっと岩崎が口をきいた。彼が稲荷社を評したことははっきりわかっていながら、私は一瞬、啞々に対する私の解釈にむけてはなたれた嘲罵のような気がした。

いままで歩いて来た方角からいえば万年橋のすぐ右手——隅田川とは反対側に、朱色に塗られた小名木川の水門がある。芭蕉稲荷の前を立ち去った私たちは、そちらのほうへ歩いていった。江東区の地図をみればすぐわかるはずだが、その辺の道路はどれも碁盤目というわけにはいかぬまでも、東西と南北にほぼ直角をなしている。そのなかに、小名木川を底辺として将棋の駒の形を連想させる斜線状の道路がある。その道路が六間堀を埋め立てた跡で、それは小名木川水門のすぐ東——現在の常盤一丁目と二丁目の境界からはじまる。そして、ななめ右に北上していくと、森下一丁目と三丁目の境界を通過した地点で新大橋通りを横断せねばならない。横断すると、すぐその先から将棋の駒の頭の部分、といっても実際の駒形よりは鋭角に右へ折れる。その道路が江東区と墨田区の境界で、左側が墨田区だが、実はこれまで私が六間堀とばかり言ってきたのは荷風の『深川の散歩』にならったからで、実際の六間堀は小名木川からここまで来たのち、やや左方へ北上して墨田区の千歳橋の附近で竪川に合流している。そして、私が将棋の駒の頭といった部分——右方にむかっている掘割は五間堀となる。荷風はそれを知らなかったか、あるいはそんな説明のわずらわしさを避けて、簡略に六間堀で押し通してしまったのかもしれない。その道路がバス通りの清澄通りを越えた一帯は、いま五間堀公園になっている。五間幅の堀を埋めた跡に造成した公園だから、いわゆる鰻の寝床状に縦長である。

「一服していきましょう」

私がベンチに腰をおろすと、岩崎もならんで腰を掛けながら、また地図をひろげた。

「この公園のはずれあたりに、本所から深川へ入る大久保橋があって、その橋を渡ってすぐ右手にお久の家があったわけなんですね」

「だから、そこの通りのむこう側に、最近ですけど大久保稲荷が出来たんでしょう」

私は坐ったまま、公園のはずれの先にある道路の向う側に見える石の鳥居を指さした。

「啞々がお久の家へころがりこんだのが明治四十二年ですから、彼の深川夜烏っていうペンネームも当然それ以後のもののわけなんですが、荷風に負けたっていう意識を持ちはじめたのは、その時点じゃないでしょうか」

私が言うと、

「負けたと、啞々は意識したことがありますかしら」

岩崎はたずねた。

「はっきりした自覚はなかったかもしれません。しかし、潜在意識には、それが現われているわけでしょう。夜烏って、夜の烏じゃありませんか。黒い烏なんて、夜は見えないでしょう。世間の人の眼に見えない存在だという意識が、啞々には潜在したと思うんです」

「そうでしょうか」

岩崎は、なお拘泥した。

「啞々が『文明』に書いたエッセイの題をのこらず拾ってみたら、最後の一つだけをのぞいてぜんぶ烏っていう字が使ってあるんです。この拘泥の仕方は尋常じゃないでしょう」

自分が作ったリストを、私は岩崎に渡した。

第四号の『鴉飯烏糞』、第五号の『暁烏白魚』、第六号の『赤烏白魚』、第八号の『旅烏宿鷺』、第九号の『白頭馬』（これは次号で『白頭烏』の誤植と啞々自身指摘）、第十号の『烏焉成馬』、第十一号の『白烏火鴉』、第十二号の『火流為烏』、第十三号の『屋之烏』、第十四号の『烏鳶食』、第十六号の『烏雌雄』、第十七号の『烏行水』、第二十号の『鵜耶烏也』、第二十一号の『師走烏』、第二十二号の『烏啄馬尾』、第二十三号の『颪見烏』、第二十四号の『烏天狗』、そして、第二十五号だけが『呉越同舟』である。

岩崎は眼を通し終ってから二、三度うなずいて、私にリストを返してよこした。

「じゃ、行きましょうか」

「お疲れになりませんか」

岩崎は言ったが、霧のような小雨が降りはじめたので、彼も立ち上って傘をひらいた。

大久保稲荷の前から将棋の駒の頭部はななめに南下しはじめて、すぐ新大橋通りへ出る。そして、すこし左へずれた向う側にある交番の横を入っていくと間もなく右側に東京港労働公共職業安定所深川出張所という建物があって、そこから先はドヤ街である。ドヤといっても見た眼にはなかなか立派なもので、つるや、みのや、埼玉屋、勉強館などという屋号が記されている。一泊四百円ぐらいが相場のようで、中には千円などという宿もある。

そして、やや広い道路を越えると、ななめ右手に森下三丁目第三児童遊園という、やはり五間幅で縦長の空地があって、五間堀を埋め立てた址であることは、歴然としている。ベンチが置かれてあるだけで、ブランコや滑り台はおろか砂場もない。その突き当りに金網が張ってあって、岩崎と私がさがしもとめて来た五間堀の欠片ともいうべき最末端部は、その金網のむこうにあった。左側にはモルタル造りの工場の裏側が見えて、右手は丸八という巨大な倉庫になっている。そして、両岸をコンクリートでかためられた堀には、黝々とした水がよどんでいて、金網のすぐ下にはおびただしい塵芥が浮かんでいた。全長百メートルほどの、いわば溝渠で、その正面が小名木川である。薄暗くなりはじめたなかで、その溝渠の水面へ透明な絹糸のようにほそい小雨が音もなく吸いこまれている。

「これですね」

私が言うと、

「これなんですね」

岩崎も呟いた。その言葉で、彼もここまでは来ていなかったのだとわかった。

先ほどの通りへもどって、すぐ傍にある店のガラス戸を開けた。小型の座蒲団ほどの四角い木にノミで文字を彫っていたから、看板彫刻師なのだろう。六十年配のその人にたずねると、堀の名は知らないという意外な答が返ってきたが、新大橋通りのほうまであった堀が埋め立てられたのは十四、五年前だとのことであった。十四、五年前といえば、昭和三十年代のなかばである。

ドヤ街の方向からいえば児童遊園とは逆に左のほうへすこし行ってさらに右へまがると、右側は浅野スレート工場で、すぐ小名木川にかかっている東深川橋の上に出る。その橋を渡っても、小名木川に沿っている道路はない。やむなくすこし先へ行ってから右折すると、やっと東深川橋と西深川橋の中間点へ出て、そこに張られている金網の柵越しに、先刻の五間堀の末端部と小名木川との接点をななめ左手から見ることができた。

五間堀の末端部をなす溝渠は、今となってはなんのために残されているのか、私などには見当もつかない。が、そんなかたちになってもなお五間堀は辛うじて欠片をのこしているのに、井上唖々の姿はもはやほとんどすべての読者に見えなくなってしまっている。いや、それは今にはじまったことではない。

「夜の烏……。いやだなあ」

私はそういう言葉が口から出かかるのを危うくねじ伏せると、次第に薄暗さをともないながら水面に雨脚がみとめられはじめたなかで、傘をさしたまま小名木川と、ななめ左手から接点の一部しか見えない五間堀の末端部を金網越しにみつめていた。

〔1976（昭和51）年10月「文藝」初出〕

残りの雪

煖房がききすぎていて車内は汗ばむほど暑いが、外気は肌寒さをおぼえさせるのではないだろうか。

1

「……まだ、雪が残っておりますね」

見るともなく楓の横顔を視界にいれていた寺岡は、その言葉に狼狽に似たものをおぼえた。

岡山を午前八時三十分に発車した急行列車砂丘一号が津山を出ると、はじめはやわらかい陽光を吸った早春の平原が車窓の左手に、そのうち今度は右方にも遠くまでなだらかにひろがっているのがみえていたが、やがて右側の至近距離にせまってきた山肌の陽かげの部分には、まだらな残雪が薄よごれながらこびりついていた。

楓がつぶやいたのは、その薄よごれた残雪を最初に眼にしたときのことであったが、木立の蔭や枯れた熊笹の茂みのあたりには、まだくっきりと白さをたもっているものもあった。

旭川の水流が次第に川幅をせばめながら見えかくれする津山までは津山線だが、津山から先は因美線である。

列車の進行につれて、点々と残雪をとどめている山襞が次つぎに近づいてきては遠ざかっていく。それらの山襞は、すでに中国山脈の一部分であった。「山を越えて、古い神々の国、出雲へ行く」と、ラフカディオ・ハーンが書いた山である。が、中国山脈を越えるといっても、因美線は山嶽の谿谷を縫っている。

この長い道筋の大部分は谷間を通じている。道がのぼって行くと谷は更に高い谷につづいて、両側の山と山に挟まれた稲の田は、堤坡を築いた高台を連ねて傾斜が昇って、大きな緑色の階段の如く見える。谷の上には松や杉の薄暗い森があって、森に蔽われた絶頂の上には藍色の遠山がぬっと聳えて、灰色な水蒸気の瘠せた影法師が、またその上に浮いている。（落合貞三郎訳）

ハーンがまだ因美線の通じていなかった時代に中国山脈を人力車で越えたのは八月で、いまは三月なかばだが、地勢のあり方だけはざっと九十年前の当時と変っていない。

楓は栗色の徳利スエータの上にベージュのジャケットを着て、窓枠に置いたハンカチーフの上に肘をのせながら、視線を窓外にそそいでいた。

昨日はスカートであったが、今日はスラックスにはきかえている。ヘアスタイルも昨日とは違って、後頭部の髪をたばねて上にあげている。そういえば、昨日はこまかい花柄のブラウスをまとっていて、チョコレート色の糸のようにほそい鎖状のネックレスをしていた。その色が、彼女の襟許の白磁をおもわせるような艶のある白い肌をいっそう白く見せていた。

「松江も、市内にはもう雪がないそうですけれど、途中の畠や家の蔭にはまだ雪の残っているところがあるそうです」

「お調べになったんでございますか」

「できるだけ軽装で来たいと思って、ダスターでいいかどうか迷ったもんで、東京からホテルへ電話で問い合わせたんです」

「ご用心ぶかくていらっしゃいますね」

といった楓の視線は、しかし、まだ窓外へそそがれたままであった。栗色の徳利スエータの胸元で、今日は金色の、やはり糸のようにほそい鎖状のネックレスが列車の動揺とともにわずかにゆれている。

もはや大きな町はない。ただ山奥に巣籠った草葺き家の村ばかりだ。村毎に、寺が灰青色の瓦を畳んだ彎曲せる屋根を、茅屋の群がる上からあらわし、また、神社の前には、石または木で造った一大文字のような鳥居が立っている。しかし、仏教の方がまだ優勢だ。

草葺きの民家の大部分は、瓦やトタン屋根になっている。テレビのアンテナが立ったり、サッシの入っているものまである。戸数も、当時よりはるかに多くなっているだろう。それに、小泉八雲となる以前のハーンが九十年前に山越えをしたときの同行者は、真鍋晃という通訳の男性であったというようなことを考えていた寺岡は、自分がまたしても楓の胸のネックレスに見入っていたことに気づいて眼をそらした。

*

東京都内に、小泉八雲の記念碑は三カ所ある。市谷富久町の成女学園内と、西大久保の終焉の地と、上野図書館の敷地内である。寺岡信治が上野図書館内の記念碑を見に行ったのは、その一週間前のことであった。

敷地内といっても道路に面したところに生け垣があって、碑はその生け垣とすれすれに近接しながら、なぜか道路にむかって建てられている。青銅で造られた坊主頭の童児姿の七人の天使像の石の台座は八角形で、むかって右の側面には「文尽人情美」、左側面には「筆開皇国華」という浮き彫りの文字盤が取り付けてあって、正面には八雲の右横顔の、やはり青銅のレリーフがはめこまれていた。そして、台座は水蓮の葉が浮かんでいる円形の石造の浅い池の中に建っている。が、その碑を撮影するためには、生け垣があるので敷地内からは距離が不足で、やむなく道路を越えた反対側へ渡ってレンズをむけていると、いつの間に近寄って来たのか、和服姿の女性が立っていて声をかけられた。

「おうつしいたしますから、あちら側へお立ちになりましたら……」

「そうですか。じゃ、お願いします」

寺岡のカメラはキャノンのGⅢで、いわゆるEEだが、距離だけは合わさなくてはならない。その簡単な操作を終ってから生け垣と碑を背景にして立つと、女性は手なれた動作でシャッターを切ってから、

「唯今の構図は横でございましたから、縦のものをもう一枚」

言うなりレバーを回転してから、ふたたびファインダーをのぞいた。その態度が、鄭重な言葉づかいやしとやかな身のこなしにもかかわらず、どこかきびきびしていた。

「恐縮でした」

引き返してから礼を言うと、カメラを返してよこした女性の口から意外な言葉が出た。

「失礼でございますが、寺岡先生でいらっしゃいますでしょう」

「ええ、そうですが」

「あたくし、高垣謙吉の家内でございます」

「高垣さんの……」

妻だと名のられても、寺岡にはにわかに信じかねた。

高垣謙吉には、昨年の夏たった一度だけ会ったことがある。寺岡が、築地のビルの八階にあるレストランへ高垣をまねいて食事をした。書店の棚でふとみつけた高垣の『新攷小泉八雲』という、あまり浩瀚(こうかん)ではないが、随所に創見のみとめられる著書を読んで二、三の質問をさせてもらいたくなったからであった。

その直後に高垣が輪禍に遭って路上で即死したことを、寺岡は新聞の訃報欄ではなく社会面の記事で知ったが、その時点で四十三歳だったはずなのに、彼の妻だと名のる女性はまだ三十歳にも達していないとは思われない。二十代の終りといったところだろうか。それにしては落着いているので、実際には三十歳をすこし越えていて若く見えるのかもしれない。

「その節は、お忙しいところをご会葬いただきまして有難う存じました」

「いや、僕も高垣さんにはお目にかかってすぐのことでしたから、びっくりしました。ほんとに、意外なことで……」

「先生から最初にお褒めのお手紙を頂戴しましたときには、それはもう喜んでおりまして、食事のおさそいをいただいた日などは、とても緊張いたしておりました」

「僕なんかからみればまだずいぶんお若かったのに、とんだことで、奥さんもお力落しでしょう」

「はあ、なんですか、ただ思いがけないというだけで、いまだに信じられないような気がいたしております」

「高垣さんには、たった一度だけでしたが、八雲のことでお目にかかって、今日もたまたま八雲の碑を見に来ましたら奥さんにお会いすることになって、不思議なご縁ですね」

「あたくしもそう思っておりましたもので、先生だなと気がつきましたら、もう声をおかけしてしまっておりました」

読後感に対する高垣からの礼状を受け取って、寺岡が会食にさそうための電話をかけたときに取り次いだのも彼女だとわかった。

「それにしても、よく僕だとおわかりになりましたね」

「新聞に出るお写真で存じあげておりました上に、葬儀場へもおはこびいただきましたので」

「そうですか。不思議なご縁といえば、もっと不思議なことがあるんです」

そんなことを話しているうちに、二人はいつか都の美術館脇から動物園の前を通って五条天神のあたりへ来ていたから、広小路にちかい池之端まで脚をのばしてビルの二階にあるガラス窓の大きな明るい感じの喫茶店へ入って、モザイックの壁面にちかい席をえらんだ。

「申しおくれましたが、あたくし楓と申します」

カシミヤだろうか、やわらかそうなショールを取りながら、女はあらためて挨拶をしてから椅子についた。

そんなときになって寺岡はようやく気づいたのだが、彼女の持っていたハンドバッグは見るからに高価そうなものであった。婚家か実家が、よほど裕福なのだろう。そういえば芝公園の近くにある寺院でおこなわれた高垣謙吉の葬儀にも、どこか四十歳を越えたばかりの少壮教授のものとはとうてい考えられないようななにかがあった。

「すっかり歩かせちまって、お疲れになったでしょう」

「いいえ」

かぶりも振らずに応えた楓の表情に、どこか淋しげな翳りが走ってすぐに消えた。

眼下には、不忍池畔の遊歩道の一部がみえる。

池の蓮は枯れて、鴨が群れていた。

小泉八雲というよりも、八雲の妻節子に寺岡信治がはじめて関心をもったのは昭和二十二年だから、敗戦直後のことである。

まだ大日本雄弁会講談社という旧社名だった講談社から、三冊本の「小泉八雲新輯」という選集が出版されたのはその年の四月のことで、用紙の不足していた時代であったために、彼が入手できたのは第二輯と第三輯の二冊だけであった。が、節子の『思い出の記』という亡夫八雲の追想記は第二輯に掲載されていて、家庭人としての八雲の側面がうかがわれたことは言うまでもなかったが、特に『怪談』や『骨董』や『天の川ものがたり』などにおさめられた作品の幾つかが節子の協力によって成立していく過程に、寺岡は強く興味をひかれた。同時に、それが太平洋戦争開戦の直前に相当する昭和十六年秋にはじめて松江をおとずれて、濠端の八雲旧居に隣接している記念館に陳列されていた八雲遺愛の七、八十本はあったかと思われる柄の長い煙管の記憶に、カメラのファインダーの中でレンズと被写体とのピントが合わさっていくときのようにぴたりと重なったとき、できれば作品化してみたいという気になった。『思い出の記』と煙管の記憶とを組み合わせることによって、八雲夫妻の生活のリアリティが確保できるのではないかという期待をおそるおそるいだくに至った。

そのとき思いついた『オバケごっこ』という表題は、壇の浦で源氏にほろぼされた平家の武士たちの亡霊に耳をもぎとられた琵琶法師の物語である『耳なし芳一のはなし』が西大久保の家で執筆された当時、八雲の希望でストーブがたけるように改造されていた書斎の次の間から、節子がふと思いついてちいさな声で「芳一、芳一」とよびかけてみると、八雲が「はい、私は盲目です、あなたはどなたでございますか」とこたえたというような挿話によるものであった。さらに節子は、まずしい麻取り女のお勝が、滝壺のちかくにある氏神の賽銭箱を取ってくれば自分らがその日収穫した麻を全部おまえにやると仲間の女たちに言われたために出かけていって、背中に負っていたわが子の首を祭神にねじ切られてしまう『幽霊滝の伝説』が書かれたときには、八雲が麻取り女たちの口からもれる「アラッ、血が」という言葉を彼女に何度も繰り返させたとも記している。が、『思い出の記』にかぎっていえば、節子はその挿話と煙管に関する記述とを切りはなしている。

あの長い煙管が好きでありまして、百本ほどもあります。一番古いのが日本に参りました年ので、それからつもりつもったのです。いちいち彫刻があります。浦島、秋の夜のきぬた、茄子、鬼の念仏、枯枝に烏、払子、茶道具、去年今夜の詩、などのはなかでも好きであったようです。これでふかすのが好きだったようです。外出のときは、かますの煙草入に鉈豆のキセルを用いましたが、家では箱のようなものに、この長い煙管をつかねて入れ、多くのなかから手にふれた一本を抜き出しまして、必ず始めにちょっと吸口と雁首とを見て火をつけます。座布団の上に行儀よく坐って、楽しそうに体を前後にゆるくゆりながら、ふかしているのでございます。

と、そこにはのべられているのだが、昭和八年にワイマールのゲーテ記念館に模して建造されたという松江の小泉八雲記念館で寺岡がみたもののなかには、ひとくちに「長い煙管」といっても、羅宇の部分が斑の浮いた竹そのものの生地を生かしたものもあれば、朱塗りのものもあった。また、「箱のようなものに、この長い煙管をつかねて入れ」てあったという表現もいささか粗笨であるばかりか、実物とのあいだには距離がある。「箱のようなもの」とあるのは、長方形の底があまり深くない白木の箱の四隅に四本の棒を立てて、その上にもう一段同型の箱を二層にかさねた煙管専用の整理棚である。そして、その棚状をなしている木箱の手前側の板の上端には、上下段とも十個——合計では二十個の半円形の刻みこみがあって、いっけん波形のようにみえるが、煙管の雁首のほうは箱の中へ入れて、吸口のほうは一本一本半円形のくぼみに立てかけておける——唇に直接ふれる部分は箱のどこにも接触させずに棚へのせておけるという趣向のものであった。恐らく八雲がパイプ立てから思いついて、大工か指物師に注文して造らせたものであったろう。

百本もあった煙管のなかには、八雲が特に好んだものもあれば、それほどではなかったものもあったようだから、かりに愛用したものはその半数弱だったとすると、座右におかれた整理棚は二基で、そこへ節子が一本一本きざみ煙草をつめた煙管をのせておく。それを八雲が仕事のあいまにふかすといったふうな設定にしてみたら、日本語に不自由な八雲のための節子の取材協力や、妖怪譚への雰囲気づくりというような内助の功と同時に、妻としての彼女の八雲に対する愛情の内実もなにがしか形象化されて、作品としての効果もあがるのではなかろうかなどと、寺岡は考え進めていってみた。

が、小泉八雲は、なにをおいてもまず文学者である。ことに、妻節子をからめるというかたちで『怪談』や『骨董』や『天の川ものがたり』が成立していく過程をえがくとすれば、八雲作品そのものに眼を通さぬことには話にならない。作品の細部を知ることによって、節子がそこへどう関与していったかが、はじめて描出できる。ところが、『怪談』だけはかろうじて架蔵していたし、いわゆる日本文学全集中におさめられている二種の『外国人文学集』といったものからもその片鱗だけはうかがい知ることができたが、『骨董』や『天の川ものがたり』の全貌をつたえたものは手元になかったので、街へ出ると古書店へ入ってはそれとなくさがしてみた。が、古書あさりの体験をもったことのある人なら誰でも思い当るに相違ないように、さがしもとめる書物には不思議なほどめぐりあえない。また、敗戦直後は、極度に書籍の入手が困難な時代でもあった。

それでも、寺岡が『オバケごっこ』の資料あさりをまったく放棄したわけではなかった証拠には、そのころ八雲関係の著書を新刊本で二冊購入している。一冊は月曜書房から二十三年二月に「伝記選書」の一巻として発行された田代三千稔の『愛と孤独と漂泊と――小泉八雲』で、もう一冊は二十五年六月に小山書店から出版された小泉一雄の『父小泉八雲』である。

その二冊は非常に充実した内容をもっていて、得るところがきわめて大であった。が、それは当時の寺岡の他の対象へのより強い関心のあり方から多くの知識を得たというだけの結果に終わってしまって、八雲のことは次第に忘れるともなく忘れ去ったような状態になっていたのだが、それかといって完全に忘れきっていたわけでもない。むかし関係をもった女を、なにかの拍子に思い出すことがあるようなもので、思い出すことは思い出すものの、思い出してみたところでそこにはなんらの情熱もともなわない。そんな状態が、二十数年もつづいた。

昨年の夏、たまたま数寄屋橋にちかい大きな書店へ入って棚の片隅に高垣謙吉の『新攷小泉八雲』をみいだして購入したのは、ある会合のために銀座へ出たものの、すこし早すぎたので時間をつぶすつもりで立ち寄った折のことだから、いわば気まぐれに過ぎなかった。そして、焼棒杭に火がついたような事態が招来された。高垣を築地のビルの八階にあるレストランへまねいたのも、そうした事態による衝動でなかったとは言いきれない。が、衝動にしろ、いっそう火をかき立てられたことは事実である。自分から高垣家に問い合わせて彼の告別式へいったのは、哀悼の意と同時に謝意を表するためでもあった。

と言っても、しかし、前々からの約束や目先の仕事にひきずられて、すぐさま八雲の世界へ入りこんでいくというわけにはもちろんいかなかった。次第次第に後まわしになったが、そのあいだにもとりあえず眼についたものだけは何冊か手に入れておいた。『新攷小泉八雲』の発行と同年に相当する五十一年十二月に笠間書院から出版された広瀬朝光の『小泉八雲論——研究と資料』なども、その一冊である。

「さっき不思議なご縁といえば、もっと不思議なことがあると申しましたのはね、山陰へはこれが四度目で、松江は三度目になるんですが、こんどは八雲のことを調べるというはっきりした目的をもってもういちど松江へ行ってみようと思いまして、今日は列車の前売券を手に入れて来た帰りなんです」

言いながら、寺岡はそれをポケットから取り出して見せた。

「……松江とおっしゃいましても、いったん新幹線で岡山までいらして、岡山から鳥取経由でいらっしゃいますんですね」

かなり複雑な買い方がしてあったのにもかかわらず、楓はやや異常とおもわれるほど丹念に眼を通した乗車券を、元の紙袋へおさめてから寺岡に返した。

「そうなんです。僕らはあなたのご主人のような学者とちがって小説書きですし、小説書きのなかにもいろんな人がいて一概には言えませんから、僕ひとりのこととしてお聞きいただくべきだと思いますが、資料あさりは作品の必要に応じて、とかくその場かぎりの泥縄になりがちで、特に今度なんかほとんどなんにも読んでいません。でも、出発までにはまだ一週間ちかくあるんで、そのあいだにできるだけ読んで行って、あとは帰って来てからでもいいと思っているんですが、ハーンがアメリカのハーパース・マンスリー社から特派されて日本へ来たのは明治二十三年——一八九〇年の四月です。ところが、こちらへ来てみると条件の悪いことがわかったために出版社へ辞表をたたきつけて、その年の八月に島根県立松江中学校へ赴任しているんですが、ざっと調べたところでは岡山から人力車をやとって鳥取経由で、あとは米子から船で松江へ行っているらしいんです。ハーンに『盆踊り』っていう文章があるのは、ご存知ですか」

「はあ、学生時分にいちど読んだことがございます」

「そうですか。僕は高垣さんのような方とご結婚なさったから、それからかと思った」

「いいえ、結婚しましてからは、ハーンは読んでおりません」

寺岡には、ちょっと意外であった。

「あれが、そのときのことを書いたものなんですね。……そんなことをしてみてもどれだけの意味があるのか、小説だって書いてみなければどうなるかわからないように、行ってみなくてはわからないんですが、ともかく彼の通ったあとを大ざっぱでいいから追ってみようと思ったんです。岡山まわりにしたのはそのためですが、せっかく岡山へ行くんだから、ついでに倉敷へ寄ってみようと考えたのは、そうですねえ、もう十五、六年も前でしょうか、あるいは二十年ぐらい前になるかもしれませんが、ドキュメンタリーなテレビの仕事でいちど倉敷へも行ったことがあるんです。が、そのときはちょうど大原美術館が改修中で、エル・グレコの『受胎告知』ですか、あれを見はぐっちまったことが心のこりになっていたもんですから、この際、旅程としては大変なロスになるわけですけど、なにがなんでもみてやろうという気になって、強引にそういう日程を組んでみたわけなんです」

「それでその晩は岡山へお泊まりになって、次の日の朝、鳥取まわりで松江へいらっしゃるんですね」

「ええ。この日程ですと、鳥取での乗り換えに五十分ちかく待ち合わせ時間がありますけど、松江には十四時一分に着きますから、市内だけは必要な個所を重点的にひととおりみられると思います。そして、その晩は松江温泉へ泊まって、翌朝はハイヤーで郊外をみてまわってから、山陰線で京都へ出て一と休みして、東京へ帰れば寝るだけですから、最終の新幹線でいいと思っているんです」

「それでは、お疲れになりますでしょう」

「そりゃ、年が年ですから」

「そういう意味で申しあげたんじゃございません」

怒ったような表情になると、心もち眼尻のつりあがった顔がひきしまって、美しさを増した。

いったいにきつい感じの容貌だが、ややあかみのかかった髪の毛がそれを緩和していた。

「疲れると思いますけど、僕は偏食の上に若い時分から不眠症だもんですから、二泊三日以上の旅行にはたえられないんです。そのかわり二泊三日以内の旅行ならかなり強行をしてもどうやらたえられますから、そうしようと思っているんです。但し、こんどは八雲の調査が目的なんで、それまでには細かい仕事を一つだけ片づけてかなり本を読んでいかなくてはなりませんから、どういうことになりますか、心配は心配です。なにしろ、僕ももうすぐ六十六ですから」

「五十代でも意気地のない方がいらっしゃるかわり、六十代はおろか七十代になりましても、お丈夫な方は矍鑠(かくしゃく)としていらっしゃいますから、先生もご心配ございませんでしょう」

「そうであってくれればいいんですがね」

「ご心配なら、ご自分でそんなご計画をおたてにはなりませんでしょう」

　はじめて、楓の顔に微笑がうかんだ。

「僕の場合は、八雲より妻の節子のほうが主眼なんで、松江から転勤していった熊本時代や、そのあとの新聞社に籍をおいていた神戸時代はほとんど必要がないんです。しかし、松江ばかり調べて東京を知らないんじゃ仕方がありませんから、今日は前売券を買いに出たついでにいままで一カ所だけ見落していた上野図書館内の碑を見に行ったわけなんです。あそこは八雲が東大教授だった時分に、月曜と火曜と金曜日は午前中だけ、水曜日は午後だけだったんですけど、木曜日には午前と午後の授業があって、そのあいだが十二時から二時間あいたもんですから、節子をよんで精養軒で食事をしたというような因縁があって、あの記念碑も建ったようなんです」

「あたくしはあたくしで、主人の墓地が谷中なものですから、お墓参りの帰りにあそこへ寄ってみましたら、先生がおいでになっていらしたんです」

「われわれの日常にしても、訪問客がある日には二人も三人もかさなったり、電話がかかる日もおなじようなもので、偶然というものはかさなるんですね」

そんなことを語り合ったために、その喫茶店には三十分以上もいた。そして、上野駅まで歩いてわかれたが、そのときの楓のさりげなかった様子から、六日後にそんな事態が生じるなどとは、寺岡にとって思いもよらぬことであった。

*

東京駅から、寺岡が新幹線のひかりに乗ったのは三月十五日の午前九時である。

雨男とよばれるほど雨についてまわられる人物がいるものだが、寺岡は不思議に旅先で雨に遭ったことがない。出発前夜や宿で雨に降られても、翌日はやんだ。その日も、快晴であった。

そして、定刻の十二時四十二分に岡山へ着いてホームへおりた瞬間、おもわず息をのんだ。高垣楓が立っていて、緊張気味にやや表情をこわばらせながら、寺岡の顔を正面からみつめていたからである。

大きく波を打っているような髪を肩のあたりになびかせながら、ライトブルーのスカーフを襟許にのぞかせたダークグレイのトレンチコートのポケットに両手をさしいれて、楓は右肩に小さなショルダーバッグを掛けている以外には、なにひとつ持っていなかった。岡山に住んでいる女が駅まで出迎えに来ていたといえば、そんな感じで、旅行者とはみえなかった。ほそい身体が、和服のときよりいっそうすらりとしている。

「お叱りを受ける覚悟で、先生より一と列車早くまいりました。おゆるしいただけなければ、このまま東京へ引き返します」

「……いったい、どういうことなんです」

「先日先生から、八雲ではなく、八雲夫人のことをお調べになるとうかがったものですから、お邪魔だとは充分承知していながら、できるだけお邪魔にならないように気をつけますから、ご旅行のお伴をさせていただきたいと考えたんです」

「藪から棒だなあ」

「あれから、六日たっております。そのあいだにあたくしはあたくしなりに考えぬきましたから、衝動ではないつもりでございます。……高垣は作家ではございませんでしたが、八雲に関する著書を出版いたしました。先生とは、そのご縁でお近づきをいただきました。あたくしは、その妻でございました。ですから、松江へごいっしょさせていただいて、八雲夫妻が居住した家を自分の眼でみて、文学者の妻とはどういうものなのか、それを知りたいという気持になりました。それなら、自分一人で行けばいいと仰言られるかもしれませんが、やはり先生のお伴をして、あたくしのことではなく、八雲夫人について先生のご感想が一言でも二言でもうかがえれば、なにかがつかめるのではないか、そう考えましてひと思いに岡山へ来てしまったんです」

「………」

寺岡は、上野の喫茶店で自分の乗車券を楓がやや異常とおもわれるほど丹念にみていたありさまを、あらためて思い出していた。

「ですから、倉敷へはお伴させていただかなくて結構でございます。そのあいだあたくしは岡山で待たせていただきまして、宿もむろん先生とは別のところを取りますけれど、ご迷惑でも、明日と明後日の午前中だけはお伴させていただけませんでしょうか」

「……僕にはまったく突然のことで、あなたのお考えがまだよくのみこめませんけど、上野でも申しあげたように、この旅行はたいへん慾張った日程が組んであるんで、ここでゆっくりしている暇はないんです。ですから、それじゃこうしましょう。今から、あなたもいっしょに倉敷へいらっしゃい。そして、そのあとのことは夕方また岡山へ戻って来るまでに考える。その程度の譲歩は、あなたもなさってくださってよろしいでしょう」

「ありがとう存じます。譲歩なんて、とんでもないことでございます」

倉敷へ行く列車は十二時五十七分発で、それまでにはもう十分もなかった。楓はホームの天

井から吊されている時計を見上げると、

「夕方にはもういちど岡山へお戻りになるんですから、お出しになるものがなければ先生のお荷物もロッカーへ入れてまいります。切符も買ってまいりますから、ここでお待ちになっていてくださいまし」

言うなり、寺岡が肩からおろしていたバッグを手に持つと、肩にも掛けずに眼の前にある階段をかけおりていった。上野でもしとやかさのうちにどこかてきぱきしているところを感じさせたが、敏捷なうしろ姿には明らかに若さがあった。一点の暗さもない人のようにもみえた。

寺岡はくぼみのある青い椅子の一つに腰をおろして、ライターの火を煙草に点じた。

文学者の妻とはどういうものなのか、それを知りたいと楓は言った。夫に死別したあとで、なぜそんなことをする必要があるのか。高垣とはどういう結婚生活を何年つづけたのか、まったく知らぬ寺岡には見当もつかなかったが、過ぎ去った生活へのみちたらなさか、あるいは自身の高垣に対する至らなさへの反省か、いずれにしろ胸につかえているものがあるからに相違あるまいと考えると気が重くなってきて、自分としては果してそうできるかどうか、できれば小泉節子のことだけを考えて、高垣楓のことは考えないに越したことはないと思った。そして、救われるところがあるとすれば、楓も節子に興味をいだいているらしいことだと思った。

岡山から倉敷までの所要時間は、普通列車でもわずか十四分である。そのあいだ、二人はひとことも言葉をかわさなかった。

どうも、上野を歩いていたときのようなわけにはいかない。二人きりで旅をしているという、うしろめたさのようなものがあるからだろうか。上野で先に声をかけたのは楓であったし、岡山へ先まわりしていたのも楓である。自分が連れ出したのではないのだと自身に言いきかせてみても、寺岡はすっきりしなかった。が、今の楓の立場を考えれば、自分のほうからなにか話しかけなくては気まずさがつづくばかりだろう。そう思って、彼は古風な家屋の点在する街路からアーケードのある商店街へ入っていきながら、言葉をさがした。そして、これからみようとしている『受胎告知』の画家エル・グレコがハーンとおなじギリシャ生まれであることに思い当ると、いっそう言葉がつまって来る思いであったが、楓にというよりは自身にむかって言った。

「僕もはじめからそのつもりで出て来たんですけど、ここでは小泉節子のことを忘れて、画や陶器だけをみることにしましょう」

「あたくしも、先生のほうからお話が出れば別でございますけれど、そういたしたいと考えておりました。仰言るとおりにできると存じます」

こたえた楓は、忠実にそれをまもった。

倉敷は頑固に古いものを大切にまもっている町だが、前に来たときにくらべれば、やはり変ったといえば変ったところもあった。観光客も以前から多かったが、現在ほどではなかった。街にも、建物の中にも、人があふれている。それが、いくらか寺岡を救った。自分らが、人眼をひかずにすんだからであった。楓は恐らく目立たぬ服装を心がけて出て来たのだと思われるのに、それでも振り返っていく者があった。

大原美術館の本館で西洋美術のコレクションをみてから、二人はその右隣りのエル・グレコという喫茶店でコーヒーをのんだ。寺岡が二十年前にテレビの仕事で来たとき、局でとっておいてくれた宿は町名も屋号も忘れてしまったが、せまくて古い商店街に面した築後二百何十年とかいう旅館で、黒光りした廊下や階段もゆがんでいたが、エル・グレコは前日から乗りこんでいて駅へ出むかえてくれたディレクターに最初に案内された店であった。当時にくらべればすこしごってりした感じがくわわっていたし、客の数も比較にならぬほどふえていたが、民芸調の大きなテーブルがゆったり置かれているぐあいなど、大らかな雰囲気はうしなっていなかった。

それから、以前に来た時分にはまだなかった日本人の洋画をあつめた新館へ入ったあと民芸館にも立ち寄って壺や甕をみて歩いているうちに、寺岡はようやく自身にも、相手のなかにも、よほど固さがほぐれはじめているのを感じた。そして、美術館の本館でみたモネやロートレック、新館でみた熊谷守一や関根正二などの印象をかたりながら川岸をゆっくり歩いた。道路が舗装されて飲食店やみやげもの店が激増していたことは当然として、岸の石垣が以前よりきちんと整備されていたのには、それが本来の姿であろうとは思うものの、よそよそしさを感じて寺岡はそれを口に出した。

「あれは、いつだったろう。太平洋戦争がはじまるより以前だったかもしれません。法隆寺の柱や鴨居の朱が新しく塗りかえられたばかりのときにぶつかりましてね、どうも古寺という感じにしっくり来なかったことがあるんですが、青丹よし奈良の都というくらいで、創建された当時は白壁は白くて朱の色はあざやかだったに違いないんで、それが本来の色彩なのに、なんとなく落胆したのを思い出しました」

「でも、あたくしなどは以前の倉敷を存じませんから……」

歩いているうちに暑さを感じてコートを脱いでいた楓はいって、船からの積荷の荷揚げ場であったらしい石垣の石段になっているあたりに見いっていた。ブラウスの上にラムの純白のカーディガンを羽織っているうしろ姿をすこしはなれた位置から見ながら、二十年前といえば楓はまだ小学生だったのだと、寺岡はあらためて自身との年齢差を思い知らされた。

「気がつかないですいません。僕は六年前に胃の手術を受けて、それ以前にくらべれば自分でも信じられないほど食事の量がふえたんですけど、それは量的に十人並みに近いところまで追いついたというだけのことで、健康上はそれで充分なんですが、空腹感というものがあまりないもんですから、うっかりしていたんです。おなかがおすきになったでしょう」

「いいえ、べつに」

たいして食べたいわけではないということであったから、乳白色のガラス板がはまっている格子戸をあけて、手近の明るい感じがする蕎麦屋へ入った。

上野でも明るい感じの喫茶店をえらんで入ったが、寺岡には暗い場所を避けようとする心がはたらいた。恐らくは自己自身に対してであろうが、公明正大であろうとする志向が先行した。

その結果であったが、通りのほうへむかって腰をかけていた楓のあわい色彩の花柄の、すこし開きぎみになっているブラウスの襟のあいだからチョコレート色の糸のようにほそい鎖状のネックレスがのぞいているのを寺岡がみとめたのは、蕎麦を食べおわって煙草をふかしていたときのことである。席を反対にとっていたら、逆光線になってそれほどよくは見えなかったはずであった。三十歳には達していないかともみえる楓の喉のあたりはなめらかで、チョコレート色のネックレスのために肌の白さがいっそうきわだっていた。六十代のなかばに達した寺岡の眼に、二十歳は幼いとすらうつることがある。楓には、若さの輝きがあった。内側から、外に光り出ているものがあった。未亡人として、また、寺岡の同行者として服装を地味にしても、おさえきれぬものを彼女自身がもっていた。

若さは、若いというだけで美しいのだという思いをいだいたとき、寺岡はふと、それでは長く生きるということは、それだけ醜さを身につけていくことなのだろうかと疑いかかって、小泉節子もその一人ではなかったのかという考えがうかんできたのを、急いで振りはらった。

創業時代の倉敷紡績工場の跡で赤煉瓦の建物に蔦がまつわっているアイビー・スクエアへ入って、大原美術館の所蔵品の蒐集にあたった画家を記念した児島虎次郎館もみてから、裏通りづたいに駅へもどって来た時分には、陽もかなりかたむいていた。

改札がはじまるのを待つために待合室のベンチへ腰をおろすと、眼の前の壁に大きなポスターが貼ってあった。それは、蛇の目の傘をさした和服の女性が櫺子(れんじ)窓のある古い民家の前に通りかかったところをとらえた、褐色の勝った落着いたトーンのカラー写真で、津山市の観光誘致のためのものであった。寺岡には、それが専門家のあいだで「やらせ」といわれる演出された情景であることは、自身の二十年前のテレビ体験からわかった。が、東京で今回の旅の計画をねっていたときに開いてみたガイド・ブックには「清流と山の緑に調和した美作(みまさか)の小京都」というようなことが記されていて、彼も一度は岡山より津山で宿泊しようかとまで考えたのを、それでは疲労するだろうという理由で思いあらためていただけに、もしかすると、楓がいなければ、今のこの体力なら自分は今夜、岡山のホテルをキャンセルしてこのまま津山へ行く気になっていたのではないかと思った。

「先生は、道をお歩きになっていらっしゃるときには、煙草を召上りませんですね」

楓が突然いったのは、そんなときである。寺岡は彼女も自分を観察していたのだと知って、虚を衝かれた。

「え、ああ、煙草ですか。禁煙は入院中や手術後の体験からできないことではないとわかったんですが、節煙は気にすると仕事に集中力がなくなるんで、歩行中だけはすわないことにしましたら、これにはあまり抵抗感がなくて簡単に実行できました。だいたい、煙草は風の吹くところではうまくありませんから」

言っているうちに、岡山へもどるまでには楓に明日と明後日の同行をゆるすか否かをきめねばならないのだという思いが、はじめて切迫感をともないながら重たくのしかかってきた。彼女もまたその時刻が近づいている緊張感で、なにか自身のほうから切り出さずにはいられなかったからに相違ない。

「明日は、松江へごいっしょしましょう」

岡山駅で自分を待っていて突然同行をもとめた楓がなにを考え、どんなことを望んでいたのか、寺岡にはまだわかっていなかったが、倉敷では小泉節子のことを忘れようと彼が言ったのに対して、そうできると思うとこたえて、その通りにした楓を信用してもいいと思ったからである。

「ほんとうに、よろしいんでございましょうか」

「いいですよ。かまいませんよ」

こたえた寺岡は、困るのはむしろ自分自身だと思っていた。自分は、楓に気を取られすぎる。しかも、それは相手への気づかいからではなくて、なにかそれ以外のものだということだけが、彼にも次第にわかりはじめていた。

「ある意味ではね、岡山まわりにしたのは失敗だったんです」

自分の心のなかにある楓への拘泥を、できれば払いのけたいと思って言った瞬間、そういう言い方は彼女の心にひっかかるだろうと気づいたが、やはり手おくれであった。

「あたくしのことでございましょうか」

口調はおだやかであったが、表情がかたくなった。

「いや、そうじゃないんです」

できるだけ落着いて、彼は否定した。

寺岡は上野で楓に会ったとき、自分の仕事はいつも泥縄で、旅行へ出るまでには未読の参考書に眼を通しておかねばならないと告げたが、その一つに島根出版文化協会から昭和四十五年十一月に出版された池野誠という著者の『小泉八雲と松江——異色の文人に関する一論考』があって、ハーンが明治二十三年島根県立松江中学校の英語教師として赴任するために、岡山から津山を経て鳥取まわりで松江に着いたという従来の説は誤りだという指摘があった。池野誠は「当時、鉄道は東京から姫路までしか開通していず、その先は人力車を雇うか徒歩で旅するほかはなかった」といっているので、岩波書店版の『近代日本総合年表』にあたってみると、山陽鉄道の三石(みついし)＝岡山間が開通したことによって兵庫＝岡山間の鉄道が全通したのは翌二十四年三月十八日のことであった。横浜か、あるいは姫路から岡山まで船で行かぬかぎり、たしかに旧説は否定されねばならぬわけである。が、池野誠はハーンが姫路まで列車で行って下車したという確証は挙げていない。したがって、横浜からではないまでも、神戸あたりから岡山まで船で行ったということも、当時の交通事情としては考えられぬこともない。

が、それはそれとして、池野誠はさらに『知られぬ日本の面影』からハーンが「強い車夫に車を曳かせて四日の旅。何故かというと、私共はもっとも人の通らぬ、もっとも遠い道を通ったから」と記している一節を引用した上で、「松江に比較的近い大山(だいせん)の東側を通っている四十曲峠を越えるコースではなく、姫路から津山を経て、駒返り峠を越えて鳥取に出るコースであったと考えられる」といっている。

「ですから、九十年前にハーンが通った道筋をたどってみようと思って岡山まわりをえらんだ僕の選択は、間違っていたかもしれないんです」

「……でも、津山から先はハーンが人力車で通った道でございましょう」

「いや、それも池野という人の説ですと、かならずしもそうとは言えなくなるんです」

そこまで話しかかったとき改札がはじまったので、話は中断された。

岡山へ着くとすぐ、寺岡は駅の赤電話で自身のホテルへ空室があるかどうかたずねた。満室だということであったから、ロッカーの荷物はそのままにしておいて駅の近傍のホテルへ行ってみるとそちらには空室があったので、二人は期せずして旅の第一夜を別のホテルですごす結果になった。

「ふだんは午ちかくまで寝ていますのに、今日は早起きをしたもんで僕もすこし疲れましたから、いったん宿へ行ってやすみます。そして、明日の打ち合わせもありますから、夕飯をすませたらお電話をした上で、もういちど此処へ出直します」

「そんなことなさっていただいては申訳ございませんし、先ほどのお話のつづきもぜひ伺いたいと存じますから、お差支えなければ、あたくしのほうからうかがわせていただきます」

「いや、男のほうが身軽ですから、僕が来ますよ。七時か、おそくも七時半には来られると思います」

言いながら、寺岡はそんなことを言っている自身が、昼の自身とは微妙に違っていることに気づいた。

楓はそれ以上押し問答することを避けて、ロッカーの荷物を取りもどすために寺岡とならんで駅のほうへ引き返しはじめたが、その途中で、

「あのう……」

と、下をむいて口ごもった。

「なんでしょう」

「明日の列車のことでございますけれど、できれば先生とずっとごいっしょいたしたいと存じますので、あとでもういちどお目にかかりますまで指定席券だけお預かりさせていただけませんでしょうか」

「ああ、そうでしたね。うっかりしていました。どうぞ……」

ポケットから取り出して乗車券ごとわたすと、

「続いた席をとりますと、これとは車輌番号が違ってしまうと存じますけれど」

「そのほうが、今の席よりかえってよくなるんじゃありませんか」

寺岡が笑うと、楓は頭をさげた。

「それより、あなたは早く切符の手配をすませて、ホテルへ戻ってください」

ロッカーから取り出された荷物を受け取ると、寺岡がタクシ乗場まで送って来ようとする楓に言っても、彼女はついて来て発車するまでそこに立っていた。

その朝、彼より一と列車早く岡山へ着いた楓は、駅の構外へ一歩も出ずに彼が着くのを待っていたのではないだろうか。彼が同行をこばんだら、そのまま帰京するつもりだったと言っていたが、東京の自宅にはなんといって出て来たのか。現在の自宅は婚家か、実家か。高垣謙吉が事故死をしてからまだ一年にはならぬが、半年は越えている。そのあいだに、彼女にはどんな環境の変化が生じているか。結婚生活が幸福であったか、不幸であったかを別としても、また、戦前からの家族制度は崩壊したといっても、実家と婚家という二つの家庭をもっている女性に固有な環境のなかで、彼女はいまどのような立場におかれているのか。上野図書館の前で遭って、不忍池畔の喫茶店まで歩かせたとき、疲れたかときいた彼に、いいえとかぶりも振らずにこたえた彼女の顔には、淋しげな翳りが走って消えた。彼女にくらべれば、結果として入婿のかたちを取っていた八雲に先立たれた小泉節子のほうが、よほどしあわせであったろうと、格別の根拠もなく思った。

そして、恐らくまだ自分を見送って立ちつくしているに相違ない楓の姿を振り向くには忍びない思いで、寺岡は前方にだけ眼をむけていた。あたりは、もうすっかり夜になっていた。

約束どおり楓のホテルに寺岡が電話をかけたのは、七時をすこしまわってからである。

「松江のホテルには、フロアは違いますけれど空室がありましたから、独断でリザーブしておきました」

ロビーで待っていた楓に言うと、すこしはにかむようにして礼を言った。まだ中年には間のある面が、そんなところにも出た。

それから二人は街へ出て、入口の脇の道路に和風喫茶と書いた行燈風な電燈の入った看板の置かれている店へ入った。

寺岡はアルコールを受け付けぬ体質であったが、楓はビールをすこしぐらいならということであったから飲むようにすすめたけれども辞退したために、二人とも昆布茶を注文した。不眠症の寺岡は、日が暮れてからはコーヒーをのまない。特に、明朝はまた早起きせねばならなかったからであった。

「倉敷の駅でうかがいかけたお話は、どういうことになりますんでございますか」

預かっていた寺岡の乗車券を返してよこしてからたずねた楓は、入浴後の化粧をして来たらしく、唇に赤というよりはオレンジ色に近い口紅をさしていた。昼の彼女は、まったく化粧をしていなかった。高垣の存命中は寝化粧をしていたのかと、みだらな空想がよぎったが、ほんの一瞬であった。唇の右端よりすこし下に、小さな黒子(ほくろ)がある。

「大した話じゃないんですがね、いま市販されている兵庫県と鳥取県と岡山県の地図をみるかぎり、池野誠という人が書いておられる駒返り峠というのは、僕のさがし方がわるいのか、僕の買った会社の地図がいけないのか、見当らないんです。そして、ルーペでさがした結果やっとみつけ出したのは駒帰という地名なんですが、それは兵庫県との県境に近い鳥取県内のいちばん東南寄りにある志戸坂峠をくだったあたりの、恐らく町ではなくて村か部落なんですね。……此処です」

　言いながら寺岡が鳥取県の地図をテーブルの上にひろげて、その地点を右手の人差指でしめしてみせると、顔を寄せてきた楓には、しかし、クリームすらつけてはいないのか、なんの化粧品らしい匂いもしなかった。

「ごらんのように津山から鳥取へ通じている因美線も、津山の真北にある加茂町からいったん東へまがって、鳥取県の智頭（ちず）町よりすこし南にある物見峠を通過したあと、もう一度ほぼ直線状に北上して鳥取へ通じているんですが、もしここに駒帰っていう部落のある志戸坂峠の別名が駒返り峠だとすると、駒返り峠は物見峠より直線ではかっても十五キロ、まがりくねった道路では恐らくその倍くらい東にあるんですから、ハーンはおそろしく遠まわりしたことになります。当時の道路がどうなっていたか、郷土史のようなものを見ればわかるのかもしれませんが、僕などの想像のかぎりではちょっと考えられないようなコースを取ったということになって、鵜呑みにはできないものがあるんです」

「この地図をみて、人力車ということを考えますと、すこし無理な気がいたしますね」

「ですから、岡山経由というのは誤まりで、姫路から入ったというのを信じるほうがいいのかもしれませんが、津山をまわったとなると、いまのところ僕にわかっていない駒返り峠は別として、すくなくとも駒帰まわりというのには同意しかねるものがあって、ほぼ現在の因美線に近い物見峠をハーンは越えたとみるほうが、地図だけから判断するかぎりでは妥当性と申しますか、納得しやすいものがあるんじゃないでしょうか」

「あたくしには、池野さんという方をどうこう申す資格などまったくございませんが、先生のお話は、たいへん面白いと存じます」

「いや、こんな話は、あなたのような方には退屈だと思いますけど、逆に物見峠が人力車では通れないほどの悪道路だったとすれば、駒返り峠を通ったということも考えられないではないわけなんです。すくなくとも、現在因美線が通じているというだけの理由で、駒返り峠通過説を全面的に否定することもやはり危険だということになるわけですからね。学者だったら、僕もこんなあやふやなことは絶対に言わないでしょう。そのへんが小説書きの小説書きたるゆえんみたいなもので、八雲や小泉節子に対しても、事実は事実として、そこからどのくらい自分の想像がひき出せるか、僕の場合は小泉節子に対しても、こうではないか、こうだろうとさまざまに推測をかさねていって、自分で納得できたときにはじめて作品が書けるんで、専門の研究者ではありませんから、事実に対する知識はあまりご期待なさらないでください」

「あたくしには、先生を信じるしかございません」

「買いかぶりはいけませんよ。倉敷へ行く前に、あなたは八雲夫人について、僕の感想をききながらご自分で判断なさると仰言ったはずです。そうなさってください」

言ってから寺岡は、必要な部分だけひろげていた鳥取県の地図をたたんで、和菓子をつまんだあと、冷えてしまった昆布茶の残りをのみくだした。冷えた昆布茶はぬるりとして、あまり気持のいいものではなかった。そして、マッサージ師を九時にホテルへよんであるからと言って立ち上った。

「明日の列車は八時三十分発ですから、改札口でなくホームでお目にかかりましょう」

「ホームでございますね」

念を押した楓は、店を出るときトレンチコートの襟を立てた。瀬戸内海に接した山陽地方とはいいながら、白昼の暖かさにくらべればさすがに三月中旬の夜気は冷えていた。

そして、二人は翌朝砂丘一号に乗って、空席が多かったために、ならぶはずの指定席を無視して窓側にむかい合って坐った。楓が先に残雪に気づいたのは、進行方向にむかって着席していたためである。今日も、口紅はやめている。昨夜のつつましやかな化粧は、夜ならばさほど目立つまいという心からであったのだろうか。人前では、できるだけ目立つまいと控えめにしていることが明らかであった。今日は後頭部の髪をたばねて上にあげているせいか、昨日より二歳ぐらい年長にみえる。

「……まだ、雪が残っておりますね」

彼女の言葉にかくべつの意味はなかったのかもしれないのに、寺岡が狼狽に似たものをおぼえたのは、自身の心を言いあてられたように思ったからであった。

徳利スエータの胸にさげている、糸のようにほそい金色のネックレスをみているつもりで寺岡がみていたのは、楓の胸の隆起であった。ブラジャーでおさえられている胸の隆起はさほど高いものではなく、むしろ豊かさにとぼしかった。小泉節子は明治元年に生まれた女性だから、恐らく身長も現在の日本女性にくらべてよほど矮小だったはずだし、写真でみる日本髪の和服姿は、どちらかといえば肥満体で、着付けもゆるやかなために身体の線がくずれてみえるが、楓の身体はよくひきしまってすらりとしていた。

旅行して進むほどに、毎日々々土地の景色が美しくなった——火山国にのみ見出される、あの変幻奇怪な風景美なのだ。暗い松や杉の森、この遠く微かな夢の如き空、柔かな白い光線を除けば、この途中、私は再び西印度にいてドミニカ島やマルチニーク島の峯巒を、迂余曲折して登って行くように想像した場合があった。（略）が、森の下の谷や傾斜面の一層輝ける緑色は、若い籐のそれではなく稲の田のそれであった。農家の庭園ぐらいな小さな稲の田が、何千というほど狭い迂曲した堤坡で、互に界をして連っていた。

中国山脈を越えると、ひとまず窓外の残雪はみられなくなる。快晴ではなかったが、薄陽はさしていた。

鉄道ではなく、街道でいえば、姫路方面から鳥取へ通じる道は若桜（わかさ）街道で、津山から鳥取に至る道は智頭街道である。したがって、ハーンは物見峠ではなく、駒帰を経由したとしても二つの道は鳥取県内へ入ってから智頭町で合しているので、その先は智頭街道を通ったにちがいない。因美線は、ほぼその智頭街道にそって敷設されている。寺岡は因美線にはじめて乗ってみて、九十年前におもいをはせた。

ゴム輪になる以前の、まだ木輪を鉄板で巻いていた時代の人力車で「暗い松や杉の森」に蔽われた中国山脈を越えて「稲の田」のむこうにある鳥取の城下町へ入ったとき、ハーンと通訳の真鍋晃はどれほど明るい気持になったか。狂喜して、温泉にひたったのではなかったろうか。青年時代をアメリカですごして、好奇心のかたまりのようなところがあったハーンは、衣食住のあらゆる点で日本を全面的に受け容れたような人物だから、そういうことも充分あり得ただろうと考えられる。現在でも鳥取駅前の繁華街には温泉宿が建ちならんでいる。誇張していえば、駅舎の隣りが温泉宿の感すらある。

寺岡と楓が鳥取に着いたのは列車ダイヤどおりの十一時二十四分で、一分の狂いもなかった。

2

山陰本線の下り特急まつかぜ一号の発車は十二時十二分だから、それまでには五十分ちかくある。

楓は山陰ははじめてだというので、繁華街を若桜橋よりすこし手前までほんの五、六分あるいただけで駅前まで引き返して来ると、駅前広場の駅舎にむかって右端にある食堂の一軒へ入った。店構えや椅子テーブルがいかにも大衆食堂めいていたためにまったく期待していなかったが、富山なら鱒ずし、鳥取なら蟹ずしが名物だし、時間もなかったので駅弁がわりぐらいのつもりで注文すると、東京の味になれた舌にはやや甘すぎるきらいがあったものの想像以上にうまかった。えのき茸の吸い物の味も悪くなかった。偏食な寺岡は、昨夜も岡山のホテルで出された夕食が品数だけはそろっていてもほとんど箸をつけられなかっただけに、折詰めにしてもらって松江へ持っていこうかと考えたほどであった。

まつかぜ一号は混んでいた。二人は指定席をとってあったので坐れたが、自由席の車輛には荷物に腰をおろしたり、通路に立っている乗客もいた。楓は寺岡を窓側の席につかせようとしたが、寺岡は彼女に譲った。そういうときに固辞しないようなところが、寺岡にしてみれば同行者としての楓に重たさを感じずにすむ点であった。彼のほうで意識しないかぎり、楓にはほとんど同行者として抵抗を感じさせないようなところがあった。

寺岡が、同人雑誌の仲間で鳥取市からバスで東へ一時間ちかく行ったところにある海辺の農村にいた友人の家をはじめて訪問したのは、太平洋戦争開戦の直前に相当する昭和十六年の初秋である。東京の私立大学を卒業後映画の撮影所に入って宣伝の仕事をしていた友人は、大地主の父君が亡くなったために帰郷して、まだ二十代の身でその村の村長をしていた。広い母屋のほかに三棟の倉庫と離屋があって、寺岡はその離屋の十二畳の部屋で寝かされた。日が暮れるとすべての音響がたえたために、東京生まれで東京育ちの彼は、旅館に泊まったことはあっても個人の邸宅に泊まったのははじめてであったから、ほんとうの静かさを知ったというより、静寂というものの音をきいたように思った。

「静寂っていう音でございますか」

楓はそのまましばらく黙っていたが、両手を膝の上に置いて、その両手で持ったハンカチーフに視線を落したまま言った。

「それは、あたくしにも想像できるような気がいたします。高垣が亡くなりましたときあたくしが感じましたのも、やはりそういうものではなかったかと存じます。仰言るとおり、なんの物音もきこえない状態に耳をかたむけていれば、きこえてくるのはそういう音でございますね」

「まったくなんの音もない状態にききいってみて、静かだなあと感じたことは、そういう音をきいたということではなかったんでしょうかね」

「あたくしの場合は、家を朝出ていった高垣が夕方大学から戻ってまいりましても、食事がすみますと書斎へとじこもってほとんど口をきいたことがございませんでしたが、それでもやはり夫に亡くなられるということは、こういうことなのかと存じました。元気でおりましたころの淋しさと、亡くなられたあとの淋しさとはやはりまったく別のものでございました。亡くなられた直後のあの淋しさなどは、先生の仰言る音のない音をきいていた状態だったのかもしれません」

「いけない話をしちまったようですね」

自分のほうからはただ一と言でも質問に類する言葉を口にしたおぼえがなかったのに、聞いてはならぬことを聞いてしまったような気がして寺岡が言うと、楓は我に返ったようであった。

「申訳ございません、変なことをお聞かせしてしまって」

顔をあからめて、ネックレスを片方の手でおさえながら頭をさげた。

観光地としての鳥取砂丘は鳥取駅より東の海岸にあって、その位置は松江とは逆方向にあたるが、二人を乗せて走っている列車の右側にも褐色をおびた砂丘がよほどその幅をせばめながら松の疎林のむこうにえんえんとつづいていて、左側にはときどき孤立した農家や大小の集落をみせながら平坦な農地がひろがっていた。そして、その農地の畦道や農家の陽かげになっている部分には、よごれきった残雪がその年の豪雪の痕跡を点々ととどめていた。その年は鹿児島や八丈島にも雪が積もったり、沖縄にまで霙が降ったほか、本土全体が三十何年ぶりとかの異常寒波につつみこまれて、北陸の福井、石川、富山や青森とともに鳥取も豪雪にみまわれたありさまを、寺岡はテレビでみていた。列車の前売券を買った日あたりも、旅先で雪にとじこめられはしないだろうかといういちまつの不安をいだいていないではなかった。そのあたりの残雪は、その折の名残りであった。

「今ごろの山陰の空は、よろしいですよ」

上野で楓に逢った二日ほどのちに訪ねて来た若い雑誌編集者がたまたま島根県益田市の出身者だったので、松江行きの計画を打ち明けたときに寺岡は言われていた。が、晴天で陽光は拡散していたのに、すこし遠景はぼうっと黄ばんでいて、行けども行けども車窓の左手に当然すがたをあらわさねばならぬはずの伯耆大山すら見えて来なかった。それを、おかしい、おかしいと言っているうちに、次の停車駅は米子だという車内アナウンスがあった。

「もう米子なんですね。上野でもお耳に入れたと思いますけど、ハーンはここまで陸路を来て、ここから中海を船でわたって松江中学に赴任しているわけです」

寺岡は言ったが、いまは民間機の空港になっている場所にあった旧海軍の美保航空隊跡をしらべるために彼が米子へ来たことがあるのは、朝鮮戦争終熄の直後であったから昭和二十七、八年のことである。にもかかわらず、そのころの寺岡はハーンに対する関心をまったくと言っていいほどうしなっていて、米子が生田春月の生誕地だということには気づいたものの、ハーンの名前すらおもいうかべなかった。それが、いまはハーンの足跡をなぞって旅に出ている。その旅ゆえに、高垣楓が隣席に坐っている。衣類をとおして相手の体温がつたわってくるほど間近に、一週間前までは顔も知らなかった女性が同行者として坐っている。が、考えてみれば、ハーンと小泉節子との組み合わせにしろ、似たような端緒でなかったとは言えまい。

「今日は大山が見えなかったけど」

通りかかった乗務員に寺岡がなぜかとたずねると、大陸からの黄砂のためだとのことであった。鳥取県の西部——伯耆の国のあたりまで来ると、大陸からのそんな影響をまともに受ける。すくなくとも、朝鮮半島の存在が強く意識される。因幡の白兎の伝説などはその代表的なものの一つだが、ハーンも、その一人であった。

七月十五日のこと、——私は伯耆にいる。

白い途は低い絶壁の海岸——日本海の岸に沿うてうねりくねって行く。いつでも左手に、岩山の断片や砂丘の層の上から、渺茫たる大海が見える。ずっと向うに、同じ白い太陽の下に朝鮮の存在する青白い地平線まで、青い皺を湛えている。時々絶壁の端が急に取れて、私どもの前に突然よせ来る浪の現れることがある。いつでも右の方には別の海——背後に大きな青白い峯を有する、遙かの霞んだ青い連山まで達している緑の静かな海——稲田の大きな平面、その表面には音のない波が、今日朝鮮から日本までその青い海を動かすのと同じ大きな風の下に、互に追いかけあっている。(田部隆次訳)

『知られぬ日本の面影』の中にある『日本海に沿うて』の冒頭の一節で、いま寺岡たちの乗っている列車の進行方向とは逆に、松江から島根半島を東へ旅したおりの記録だが、明治二十三年七月にはじめて松江の地を踏んだハーンは、翌二十四年十一月には熊本の第五高等中学校——のちの第五高等学校へ転勤してしまっているから、ここに「七月十五日」とあるのは当然二十四年のそれでなくてはならない。そして、その文中に採択されている『鳥取の蒲団の話』と『持田の満月と嬰児の話』という二つの怪談の語り手は「従者」と記されているものの、すでに中国山脈をともに人力車で越えた通訳の真鍋晃は解雇されてしまっていて、それは彼が妻としてむかえていた小泉節子にほかならなかった。二十三年四月にアメリカの出版社の一取材記者として飄然と日本をおとずれたハーンは八月に松江へ着いて、早くも四カ月後——実質的には三カ月後の十二月にはサムライの娘であった節子との結婚生活に入ってしまっていたのである。

このときの二つの怪談は、日本語に対して双方にどの程度の伝達力と理解力があったものか、いずれにしろ節子がはじめてハーンに語ってきかせたもので、その話をきいたハーンは節子が自身の文学上の助手としての能力を充分にそなえていることを知って驚喜したとつたえられている。さらに小泉一雄の『父小泉八雲』によれば、彼の母節子は幼少のころから話が大好きで誰に対しても「お話ししてごすなさい」とせがんだとのことだが、二つの怪談のうちの『鳥取の蒲団の話』のほうは、彼女がハーンと結婚する以前の初婚の相手から聞かされたものであったといわれている。かさねて言えば、再婚の夫——後年の小泉八雲にのちのちまで数多く語ってきかせた怪談の最初の一つは、いかにも再婚者の挿話にふさわしく、前夫からきき知っていた話だったということになる。二人の結婚は、太平洋を遠くへだてて、それぞれ人生に傷ついていた者同士の結びつきであった。

ラフカディオ・ハーンは、アイルランド出身でギリシャ駐屯イギリス軍のノッティンガムシャー歩兵第四十五連隊付き軍医であったチャールズ・ブッシュ・ハーンを父に、マルタ島生まれともいわれてアラブの血がまじっていたらしいギリシャ人ローザ・カシマチを母として、一八五〇年六月二十七日にギリシャのレフカス島で生まれている。そして、一八六九年、日本の元号でいえば明治二年十九歳でアメリカへ渡り、二十四歳のとき日刊紙「シンシナティ・インクワイラー」の記者をしていて、下宿先の炊事婦で混血黒人のマッティ・フォリーとの結婚をはかったが、当時のアメリカの法律では黒人との婚姻がゆるされていなかったために、周囲の反対をおしきってもという彼の切望にもかかわらず、入籍がはたせなかった。したがって、法的には既婚者にこそならなかったものの、実質的には結婚生活と同然の同棲を体験していた。

ハーンの伝記類では、いずれもマッティが悪女であったとされているから、それが事実であろうとは思われるものの、伝記の主人公がともすれば美化されて、偶像視されがちであることも忘れてはなるまい。ハーンの性情が純粋であったことをみとめぬわけにはいかないが、純粋であったがゆえに、滞米時代と在日時代とを通じて次つぎに多くの親しい友人知人との交際を断ち切ったこともまた事実である。マッティとの別れが彼の心のどこかで傷口の一つになっていなかったか、寺岡は疑わずにいられない。

節子への愛は母ローザを棄てて他の女にはしった父チャールズに対する呪詛に発していると
みられているが、はたしてそれはマッティとの間柄とまったく無関係な心の動きであったろうか。ハーンはのちにウエットモア夫人となった白人の女友達エリザベス・ビスランドを生涯のあこがれの人としていたのに対して、マッティは混血ながら黒人で、節子は黄色人種であった。ハーンが母を通じて自身の体内にはアラブの血が流れているとしばしば口にしたのはそのへんにかかわりがあるのだろうし、母を棄てた父をいきどおるなら、いかなる理由があったにせよ、マッティと絶縁した彼の心にはいちまつの慙愧があったはずで、それがなかったとすれば彼の純粋さも信じかねる。それだからこそ、節子との間にはマッティとの場合のようなことを二度と繰り返すまいという戒心が常にはたらいていたのではなかったろうか。

私は母其人を決して心底から恨み呪いはせぬ。併し、母に一生取憑いていたヒステリーなるものを無限に憎み呪うのである。

父とは反対に何故に母は斯うも美化されカムフラージされて解釈されているのだろう？不思議な事である。是も女なるが故か？

小泉一雄の『父小泉八雲』にみられる節子の一面で、たとえそれは「何かに憑かれた様にまるで別人の如く変化した彼女の晩年の姿」であったとしても、そういう面がハーンの生前にはまったくほんのひとかけらも表われなかったとは考えにくい。一雄が恐らく不用意に書きとめてしまった「母に一生取憑いていたヒステリー」というような表現からも、そんな事情がうかがわれるように思われるのだが、どうだろうか。また、そうでなくても、ハーンは節子の係累にすくなからざる負担を感じていたに相違あるまいと、寺岡には考えられる。

明治元年——一八六八年生まれの小泉節子は、数えで十九歳の明治十九年十一月三十日に、十歳年長で因幡国邑美郡本町士族前田小一郎の次男であった為二を聟としてむかえ入れて、ほぼ三年後の二十三年一月十三日に離婚している。が、その背後には節子の家の複雑な家庭事情がからんでいて、二人はいわば封建遺制の犠牲者であったという見方が成り立つ。維新後の士族がになったドラマの一つが、そこにあったとも言えぬことはない。

節子の戸籍上の名はセツで、幼時にはおセちゃん——松江訛りでおシェちゃんとよばれていたというが、彼女は出雲松江藩主の番頭役小泉常右衛門五百石と、同藩家老職塩見増右衛門千四百石の長女チヱとのあいだに、十一人兄妹の第六子次女として生まれている。チヱは河竹黙阿弥の『天衣紛上野初花』すなわち河内山宗俊の芝居の家老高木小左衛門のモデルで、主君の放蕩をいさめるために江戸表の松平邸で切腹してはてた塩見増右衛門の一人娘で、家中随一の器量よしといわれたほどの美女であったから、近眼ながら芸事を積んで十三歳のときいったん同格の武士に嫁したが、新郎が婚礼の夜、未練をたちきりがたかった愛妾を手討ちにした上で自害したため、翌々年あらためて小泉家にとついだ。常右衛門十六歳、チヱ十五歳のときのことで、十一人の子供のうち五人は夭折した。

江戸時代最後の年度である慶応四年が明治と改元されたのは九月八日で、セツはその年の二月四日に生誕しているが、小泉家とその親戚にあたる稲垣家とのあいだには、こんど子供が生まれたら男女にかかわらずもらい受けるという約束がかわされていたために、セツはお七夜の日に稲垣金十郎百石とトミの養女になった。そして、十九歳の折に前田為二を聟としてむかえ入れたが、すでにその時分の稲垣家はいわゆる士族の商法に失敗して市の中心部から遠くへだたった辺鄙な場所の狭い家に移住するようになっていて、日常の生活にも事欠くありさまであったから、セツは学校も早くやめさせられて家計をたすけるために機織りや針仕事などの手内職をしていた。したがって、為二の勤め先は県庁であったとも機業会社であったともつたえられていて不明だが、みなが自分の安月給ばかりあてにして、いつになったら借金が返済できるか見当もつかぬありさまにいや気がさしてたちまち出奔してしまったらしい。そのため、大阪にいることをようやく突き止めたセツは為二をむかえに行ったがはねつけられて、いちどは投身自殺をはかったものの思いとどまった。その結果が離婚となったわけで、届出が一応受理されたのは二十三年の一月であったが、法的に完全な認証をあたえられたのは翌二十四年九月であったというから、彼女がハーンとの事実上の結婚生活に入った二十三年十一月――二十四年二月ないし三月という説があって、最近ではそのほうが優勢のようだが、後者としても、厳密にいえばその時点では二重結婚の状態にあったことになる。現実には『日本海に沿うて』の同行者で、二つの怪談の提供者が事実上の妻節子であったのにもかかわらず、ハーンが妻と記すことを避けて「従者」としている原因も、そんな事情のためにほかならなかった。

島根県立松江尋常中学校と島根県立尋常師範学校の英語教師を兼任するために、ハーンが米子から小蒸気船で松江の大橋河岸に着いたのは明治二十三年八月三十日で、九月二日には初登校して授業をはじめている。そのとき彼が投宿したのは中海と宍道湖とをむすぶ大橋川の北岸にならんでいた数軒の旅館の一つで、松江大橋の東側にあった末次本町四十一番地――現在の地番でいえば東本町一丁目一番地の富田屋であった。

衣食住のあらゆる面にわたってハーンが日本人の生活によく融合したことは知られているが、それは節子との生活がはじまってから以後のものではない。すでに富田屋止宿時代にもすすんで米食をしたばかりか酒も日本酒をのんで、刺身や酢のもの、焼魚などなんでもよく食べたために、松江に一軒だけあった洋食店も特別な場合をのぞいては利用しなかったほどであったといわれる。また、煙管の蒐集もこの時期からはじまって、富田屋滞在中に三十本ちかく買いあつめていた様子である。

が、どれほどゆきとどいたもてなしを受けても、旅館はしょせん旅館でしかない。特に木と紙を素材としている日本建築の場合、他の座敷から音声が伝わってくるのは当然で、日本旅館は文筆家の起居に適さない。恐らくハーンも独立家屋に居住することを希望しはじめていただろうし、大いに繁昌していたらしい富田屋としても当時非常にめずらしかった外人客の長逗留をかならずしも歓迎しかねるといった事情があって、従来の流説では十月、広瀬朝光の著書『小泉八雲論』によれば十一月下旬に、彼が同一町内ながら松江大橋の西側に位置する末次本町十九番地——俗に京店と称される一角に所在して富田屋旅館と同様に宍道湖の眺望をほしいままにすることができた織原家の離室へ転居したのは、富田屋の斡旋によるものであった。

このとき富田屋では自家の使用人であったお信という小女をしたがわせているが、彼女一人では世話がゆきとどかぬ場合をおそれてもう一人お万という年長の女中までみつけて万全を期しているばかりか、三度の食事も調理してはこばせているから、移転がなんらかの軋轢の結果でなかったことは確実である。むしろ、至れり尽せりの世話をしていると言わねばならぬほどだが、さまざまな資料から多くの先人がひき出している諸説の読み方いかんによっては、この転居自体をハーンの結婚のためのものであったとする見方が成立しないでもない。すなわち、セツとの結婚——より正確には同棲の時期には二十三年十一月説と二十四年二、三月説とがあるので、かりに前説を採った上で京店移転を広瀬説にしたがって十一月下旬とみれば、同年同月かぎりで富田屋を引き払ったのは結婚のためであったと断ぜざるを得ないことになる。また、二人の仲立ちをしたのは松江中学の教頭でハーンと非常な親交をもって、彼に日本人の心情と日本の風習を理解させる上でのよき協力者であった西田千太郎だという説が最有力だが、それにもまた幾つかの異説がある。広瀬朝光はその一人で、広瀬説を全的に受け入れることにもいささか躊躇せざるを得ない点があるものの、結論自体は魅力的である。

ハーンの学問的な研究には興味のない寺岡の立場からいえば、広瀬の『小泉八雲論』でもっとも興味をひかれたのは、国会図書館が所蔵している「山陰新聞」からハーンに関連をもつ四十種の記事をマイクロ・フィルムにおさめて紹介している点で、明治二十四年六月二十八日掲載の「人間到処有青山」という記事中には次のような一節がみられる。

ヘルン氏の妾は南田町稲垣某の養女にて、其実家は小泉某なるが、小泉方は追々打つぶれて母親は乞食と迄でに至りしが、此の妾というは至って孝心にて養父方へは勿論、実母へも己れの欲をそいで与うる等の心体を賞して、ヘルン氏より十五円の金を与え、殿町に家を借り受け道具等をも与え、爾来は米をも与うることとなせりという。

この記事を、いかにも第一発見者らしくやや過大評価しているきらいはあるものの最重視している広瀬は、ハーンが京橋川をへだてて末次本町のすぐ北に隣接する殿町に居住したという記録は見当らないから、彼が殿町のセツの家にかよった時期があるのではないかと推断する。その上で、梶谷泰之の『へるん先生生活記』にみられる西田千太郎宛ハーン書簡に、明日から非常に気立てのいい中年の婦人が働きに来てくれることになったと知らせたものがあることを挙げて、当時数えで二十四歳のセツを中年とみることは「いささか気になるが」とことわった上で、彼女はその前年の一月十三日に前夫と離婚して生活に困窮していたから「住込みの女中になった事実には信憑性がある」としている。そして、二十四年一月ごろにひどい風邪をひいたハーンは看護する女中を必要としたこと、回復後セツの境遇を知って同情したために経済的な援助を与えるに至ったのではないかとたたみこむ。その結果、前の個所ではハーンが殿町へかよったと書いているのを一転してセツが殿町からハーンの家にかよったとみて、「ヘルンとセツとの結びつきは、最初こそ主人と女中という関係であったろうが、二人の仲が深まるにつれていろいろと不自由な点も出て来て、遂には北堀町」へ移ったのだと結論している。北堀町とは、言うまでもなく松江城の城濠に沿った北堀町塩見縄手三百十五番地に現在もなお文部省指定史蹟小泉八雲旧居として保存されている、旧松江藩士根岸家の持ち家である武家屋敷にほかならない。

かさねて言えば、これだけではいかにも傍証が薄弱で、いわゆる決め手に欠けているものの、「山陰新聞」の報道は「従来の研究者の誰もが指摘していない事実であり、ヘルンとセツとの関係を知る一つの手掛り」であることは新資料の発掘として高く評価せねばなるまいし、これまで「二人の結婚は、ヘルンの弟子、或は松江の人の手により報ぜられたためか、事実を多少美化するか、遠慮するような素振りの論考が多いのは残念」だっただけに、寺岡としてはあえてむき出しな言い方をすれば、かねて自身もいだいていた偶像破壊ともいうべき、その小泉八雲夫妻野合説に共感をおぼえずにいられなかった。すくなくとも彼等の結婚には、仲人不在の結果だと仮定したときはじめて納得できるような挿話が、あまりにも多すぎるように寺岡には考えられてならぬものがあった。それが自分一人ではなかったことに、その著書を通じて広瀬朝光という学究に親近感をおぼえた理由があった。

なお、すでに池野誠も京店から北堀町への転居の時期に対する明治二十四年五月説をくつがえして六月二十二日としているが、広瀬朝光もその説を採っているから、これは今日もはや不動の強さをもっていると言っていいだろう。寺岡がその家――いわゆる旧居を訪ねるのは、昭和十六年の秋以来これが三度目である。

車窓からみれば右側だが、駅前の左手に小高い丘陵のみえる米子を過ぎれば、めざす松江はもう近い。松江には、十四時一分に着いた。

そこでも、楓は翌日の寺岡と自身の指定席券を入手する必要があったために、改札口を出るとすぐ足早に出札の窓口へ去っていった。そして、寺岡がそのあいだにと思って売店で松江市の市街地図を買ってもどって来ると、すでに彼女はタクシ乗場のほうへ歩きはじめていた。必要最小限の荷物しか持って出ないことは旅行者の最も初歩的な常識だが、それにしても前日身につけていた衣類がほんとうにあの中におさまっているのかと疑わせるほど、彼女が左肩にかけているショルダーバッグは小さなものであった。いかにも無造作なのに、すみずみまでゆき届いている。そんな感じであった。

「急がなくて大丈夫ですよ。これから行く先は、どこも時間のかからないところばかりですから」

楓を先にタクシへ乗りこませた寺岡は、大橋川の対岸というよりもうすこし西へ寄った宍道湖に面したところに戦後ひらけた松江温泉――土地の人がホテル団地とよぶ中の一軒へ立ち寄ってクロークに二人の荷物をあずけると、そのまま八雲旧居へ直行した。

「先に申しあげておくというよりお願いなんですが、旧居はあなたの今度の旅の目的地なんですから、ご自分の眼でよくごらんになってください。あそこは今では観光都市松江のセールス・ポイントの一つで、恐らく見物人がひきもきらないはずですから、僕はそんな中でなまはんかな知識や感想をのべるのは控えます。……ですから、ごらんになって何かおたずねになりたいことがありましたら、外へ出てからになさってください」

タクシの中で、寺岡はそれだけのことを言った。楓ははじめて来た町に眼を凝らしながら、黙ってうなずいた。緊張で、頰のあたりがこわばっているように見えた。

彼女がどこの大学へ行っていたか寺岡は訊きもしなかったし、訊こうともおもわなかったが、大学で講義を聴いていたときにもこんな表情をしていただろうと、その横顔から感じた瞬間、高垣謙吉は彼女のその大学での教師ではなかったのだろうかという想像がふうっとかすめていった。そうでなくては、二人の年齢はすこしへだたりすぎているとおもった。ハーンとセツが結婚生活に入ったのを明治二十四年として満年齢でいえばハーンは四十一歳、セツは二十三歳で、二人のあいだには十八歳の年齢差があった。高垣と彼女とのあいだにも、それほどではないにしろそれに近いものがあったことをもまた、小泉節子への関心を楓にいだかせた原因の一つになっているのではなかろうかと、寺岡はそんなときになってから考えた。

建坪四十七坪七合五勺——約百五十八平方メートルといわれる八雲旧居には大小九つの座敷

があるが、正門を入ってやや右手にある玄関の土間から左手へ入ると、三畳間につづいて鉤の手なりに南側と西側の庭に面した四畳間がある。そして、その右奥――北側にある一間の床をもつ十畳の居間と、さらにその奥にあってハーンが愛したといわれる池を中心とした、寺岡などに言わせればややせせこましい感じのする庭に面した六畳の書斎だけが、げんざい一般の観覧に供されているもののすべてで、家屋ぜんたいの面積からいえば西側の半分弱ということになる。

寺岡が以前に来たときにはかなり高齢な婦人が奥から出て来て説明にあたっていたが、今では五十年配かとおもわれる建物の所有者根岸家の息女らしい洋装の女性にかわっていて、奥の間へ引きこむ暇もないほど次つぎに見物人がつめかけてくる。そのため、数人あつまったところでその女性が説明にあたると、立ったままでそれを聞いている見物人はほぼ三分間ほどで帰っていってしまって、また次の一群と入れかわる。根岸家ではべつに交替を要求しているわけではないのに、見物人たちは申し合わせたように入って来ては帰っていく。

寺岡はそういう流れとは無関係に畳の上へ坐って天井を見上げたり、長押や壁の配置などを手帳にスケッチしたり、カメラに撮影したあと、居間の中央におかれたテーブルの上に積んである十種以上の図録やパンフレット類の中から、「ヘルンの見た神々の国」という副題のある『出雲』という画文集や、桑原羊次郎の『松江に於ける八雲の私生活』『小泉八雲先生旧居の記』と、六枚で一と組になっている絵はがきなどを購入した。それから、南側の四畳間に立って百日紅の樹のある庭にみいっていた楓をふたたび書斎へそっとみちびいていくと、ハーンがそこに机を置いていたという、左手に障子のはまった小さな明り取りのある東側の壁を指さして、節子夫人の部屋はその壁のむこう側にある六畳間だったのだと告げた。

寺岡にしてみれば、大学から帰宅した高垣謙吉が食事をすませると書斎にとじこもって夫婦の対話がほとんどなかったと言った楓にむかって、ハーン夫妻の場合も壁をへだてていたのだということを示したつもりであったが、もちろん、それは口には出さなかった。そして、見取図によれば、その六畳間には半間の押入れがあるので畳は五畳半しか敷き詰められていないはずで、自分には歴史的な知識が欠けているから間違っているかもしれないが、五畳半はたしか切腹の間といわれていて節子の生家である小泉家や養家である稲垣家のような武家の家庭ではあまり好もしがられていなかったはずなのに、彼女がなぜそのもう一つむこうにある九畳間を使用しなかったかわからないし、想像でしかないが、ひょっとするとそこに養父母を住まわせていたためではないかとも考えられぬではないという意味のことを、またしても見物人が入れ替って根岸夫人の説明がはじまったとき、楓にだけ聞えるように低い声で告げた。タクシの中でした予告とは逆の結果になったが、ハーンの書斎と夫人の居間との配置をみて、その場で楓に言っておきたくなったからであった。

「それから、あそこをよく見ておいてください。僕の考え方は、あとでお話しします」

寺岡は、さらに書斎と北の庭との間にある廊下の、庭にむかって傾斜している天井と廊下の北側の鴨居の上の小壁とが接触している部分を指さして楓がうなずくのをみてから旧居を立ち去ると、すぐその左隣りにある小泉八雲記念館へ入った。

記念館には、ハーンが使用していた机と椅子や身のまわりのものなどが来館者を失望させない程度に陳列してあるが、それらのすべては晩年の東京時代のもので、ハーンの死後かなりの年月が経過してから松江に搬送されたものばかりで、ハーンの遺品には相違ないものの松江時代のものではない。例の煙管の整理棚そのものも健在しているが、煙管のほうは上下段合わせて十一本しかなくなっている。盗難に遭った結果だというが、現状ではかつて寺岡がいだいたハーンに対する節子の愛情の顕現だなどというイメージを喚起するわけには到底いかない。彼がそこへはじめて来たときには現状の何倍あったか、明確な記憶は薄れてしまっているものの、そして、記憶というものには歳月とともにふくらみあがる性格があるためにいっそう不確実だが、七、八十本もあったのではなかったろうか。

館外へ出て時計をみると、四時四十分にもなっていなかった。

「松江城は五時まで見られるようですし、道順ですから、その前にちょっと城山稲荷へ寄ってみましょう。僕もはじめてなんです」

旧居の前から濠端を右に行って、工事中の橋を渡ってから城内へ入ると、左側はプレハブなどの住宅が古い民家にまじって建ちならんでいるのに、一つの人影も見当らない。右側は高い崖で、樹木が繁茂している。

「さっきの書斎の北側にあった廊下の天井のことなんですがね、天井に南北に渡してある横桟が廊下の鴨居の上のほうへ喰いこんでいて、横桟の太さだけ隙間があったでしょう」

「ございました」

「松江なんていう寒冷地にどうしてあんな建築様式が採用されたのか、僕にはさっぱりわかりませんが、あんなに天井の高い廊下があっちゃ、一度障子を開けたら室内の温度がいっぺんにさがって、夏はいいでしょうが、冬の寒さはたまらなかったろうと思いますね」

「明治時代の煖房は火鉢だけでございましょうし」

「それなんです。ハーンが熊本の五高へ転勤するために松江を離れたのは、北堀町のあの家へ引越した明治二十四年の十一月十五日ですが、暖国うまれの寒がり屋だったことが転勤の原因だったと言われているんです。その年の冬は松江としてもとくべつ寒かったようなんですが、一月に京店の家でひどい風邪をひいたハーンは、根岸家の寒さを想像して冬が来ないうちに大好きだった松江を去る気持になったんだろうと思います。僕は自分でそれをたしかめるために今度の旅に出たと言ってはすこし誇張になりますが、さっきあの家をみて間違いないという気になりました。が、そのほかにもうひとつ松江をはなれる理由があって、これがまた看のがせないんです」

「あたくしが、お持ちいたします」

楓は寺岡が旧居で買いもとめて来たパンフレット類を入れた紙袋を受け取った。空気がすこしひえて、手が冷たくなってきていた。

「今ここの島根大学で助教授をしておられる広瀬朝光という方の『小泉八雲論』という書物に紹介されている当時の新聞記事によりますと、節子は妾と書かれているんです。妻子の将来を考えたハーンが日本へ帰化して小泉八雲になったのは明治二十八年の秋で、松江時代の節子は法的には妻として入籍されていなかったんですから、それもある程度まで仕方がなかったにしろ、二十四年六月と八月の記事なんですが、八月の場合などは愛妾同道で京阪地方への旅行に出たという消息の書き方をされていて、それも松江を離れた原因だろうと広瀬さんは書いておられるわけです」

「ひどいものでございますね」

「そりゃ、僕も認めます。人間としては同情します。が、学問とか、研究とか、真実の探求とかいう立場で冷厳にみますと、これまでハーンは松江中学の教頭だった西田千太郎という人の世話で節子との結婚生活に入ったということになっていた定説を、その記事は、特に殿町に一軒家を持たせていたという六月の記事などは、一挙にくつがえすに足りるかなり重要な価値をもつ文献資料ではないかという見方が成立するんです。すくなくとも当時の松江では外人がかなりめずらしかったはずで、ハーンの知名度は高かったに違いありませんから、いっそう注目を浴びる結果になったんだと思いますが、節子はその有名人の洋妾(らしゃめん)とみられていたという証拠物件でもあるわけでしょう。ひどいと言えばたしかにひどいんですけど、ひどいのは新聞じゃなくて、当時の松江市民の一般的な受け取り方の報道だったとすれば、現在のわれわれのひどいという考え方こそ引っこめなくてはならないものなのかもしれません。問題は、その『山陰新聞』が赤新聞かどうかで信憑性もかなり違ってくるわけですが、広瀬さんが大小四十も採録されている他のハーン関係の記事に眼を通したかぎりでは、まともな新聞だったようです。それだけ広瀬さんの発掘は節子に不利で、ひょっとすると、その紹介は広瀬さんご自身が考えておられる以上に重大な意味をもっているかもしれないんです」

「お見合いではなくて、恋愛結婚だという説でございますね」

「ええ、綺麗にいえば……」

寺岡は笑ったが、

「ここじゃ、ございませんか」

楓は、道路より左手の低い場所を見て言った。

「そのために、ハーンはひどい目に遭っているんです」

言いながら、寺岡は参道の中途のほうへ斜面を下りていった。

そこには、青黴のような苔がはりついている石の鳥居と花崗岩の敷石を三列に並べた参道がつづいていて、両側に石の高麗犬がならんでいた。石の鳥居と鳥居のあいだには、稲荷社らしく朱塗の鳥居がせまい間隔で建ちならんでいる。その参道を進むと石段をのぼるようになっていて、のぼりつめたところに白木の仁王門がある。碁盤目の格子には、ほそく折りたたんだみくじが無数に結びつけてあって、その手前には亀甲形の赤い紋章がえがかれている飴色の提灯がつるされていたが、左側の提灯の脇にはなめらかな感じの石狐が据えられていて、その背後に立ててある白ペンキ塗の立札には、そこをしばしば訪れたハーンが当時数千もあった石狐の中では特にこれをほめていたと記されている。

が、寺岡に言わせれば、その石狐はむしろ稚拙で、参道の高麗犬のほうがはるかにすぐれている。ハーンはその稚拙さを愛したのだとしても、彼が蒐集した煙管にしろ、日本人の立場からいえばあまり感心できたものではない。彼が海外に紹介した怪談にしても、日本にはもっとすぐれたものがあるのではなかろうか。ハーンに日本人の心情と日本の風習とを理解させる上でよき協力者だったといわれる西田千太郎や小泉節子に、日本文化や日本の精神についてどの程度の認識があったか、疑えばきりがない。西田や節子の努力や献身はみとめるとしても、寺岡には彼等が最高の教師または素材提供者であったとは考えられない。節子はたしかに忠実な助手で熱意もあったが、知性や趣味の点はどうであったろうか。ハーンは結婚の条件としてサムライの娘であることを望んだというし、節子はたしかに士族であったが、養家の格式は高くなかった。身分自体を問題にするわけではないが、封建制度の確立していた江戸時代には、身分によって子女の教養に差があったことはまぬがれないので、節子がより高い教養をもった家庭に育っていたとすれば、ハーンが異邦人で日本に対しては無垢な存在であっただけに、彼に及ぼした影響がもうすこし別のものになっていただろうと考えられる。

ひとくちにハーンの文学といっても、彼の日本に関する述作は、恐らく想像以上の大きさで節子の力に左右されている。たとえば城山稲荷の石狐にしても、こんな狐はつまらぬものだと節子が言ったとしたらどうであったろうか。煙管にしても、もっとすぐれたものを見せて比較させてみたらどうであったか。

そんなことを考えながら寺岡が石狐にカメラのレンズをむけると、立札を読んでいた楓は脇へ寄った。北堀町の旧居でも、寺岡がカメラをかまえると、楓はフレームの中へ入らぬように気をくばった。寺岡のフィルムに、自身が入ってはならぬことを彼女は心得ていた。そのつど、それを制止できない自身に寺岡は心がいたんだ。楓が女性であることを、いっそう意識させられた。

千鳥城ともよばれる松江城の天守閣へのぼって市街を一望のもとにおさめてから、東南にあたる城門のゆるい坂をくだると、そこもまだ城内であったが、門の脇に白い梅がいよいよおとろえてきた薄明るさの中で精いっぱいの白さをみせていた。

「そこで、休みましょう」

寺岡は先に立って、眼の前にある茶店へ入った。観光客が去ったあとの時刻で、そこにも客はいなかった。桜餅とぼてぼて茶というものが名物のようであったが、茶のほうは抹茶を注文した。桜餅は東京の向島の長命寺の名物だが、ここの桜餅も餅をくるんだ桜の葉ごと食べられる。ただ、長命寺のものほど香りが高くない。楓は、葉を指先で取りのけて口に入れなかった。

県庁の裏側から城外へ出ようとしたとき、まばらな雨が降りはじめたので、寺岡がタクシをひろおうかと言うと、楓はすこし街を歩きたいと言った。松江は寺岡には三度目でも、楓にははじめての街である。

「こんな小都市で恋愛をしたら、すぐ誰かに逢っちまって、二人で歩くなんてことはできないだろうね」

鳥取の友人にはじめて松江へ案内されたとき、寺岡は大橋の近くを歩きながらそんな質問をしたことがある。そういうことは戦時中には書けなかったので、軍隊から復員してきた戦後の第一作に挿話として採り入れた。それを書いてからでも三十年以上の時が流れて自分はいま若い女性を道づれに旅をしているのだと思いながら楓をみると、彼女は近代的なビルの前に立って店内にみいっていた。その店には、この土地の名産なのか、おびただしい数の大小さまざまな形をした石燈籠が所せましという感じで置きならべてあった。

妙なものを見ていると、そのときには思っただけであったが、楓はそれからまた別の店へ入ると、やはり土地の名産らしい紙の姉さま人形をあれこれと手に取ってみていたが、けっきょく買わずに外へ出た。寺岡が八雲旧居で購入したパンフレット類の紙袋を預かっていながら、彼女自身は旅の証拠になるようなものをなにひとつ買えない淋しさが、後頭部の髪をたばねて上にあげているうなじのあたりにうかがわれた。石燈籠には、なにか高垣との思い出につながるものがあったのかもしれない。

「まだ宿へ帰っても早いですから、どこかでコーヒーでものみましょうか」

その日は朝からまだ一杯もコーヒーをのんでいなかったことに気がついて寺岡は言ったが、楓は首を横に振った。

雨勢が増してきたので、二人は急ぎ足になってホテルへ戻った。寺岡の部屋は五階、楓の部屋は四階であったが、夕食は寺岡の部屋へはこんでもらうことにして、リフトの中でわかれた。寺岡はその前に温泉へ入るつもりであったが、楓もそのつもりにしているようであった。そして、寺岡は丹前に着かえようとしたとき、明朝のハイヤの依頼をしておくことを忘れていたのを思い出して電話でフロントをよぶと、そのついでにマッサージ師を八時によこしてくれるように依頼した。そうしておけば、それをしおに楓と自然に別れることができるし、逆に彼女がそれより早く退散するといえば引き留める口実にもなると考えたからであった。

夕食は、六時半にはこばれてきた。山陰の松江は山陽の岡山より気温は低かったが、ホテルの内部は暖かだったので、楓は岡山駅で逢ったときとは別のブラウスと白いカーディガンに着かえていたが、チョコレート色のネックレスはしていなかったかわりに、口紅を薄く塗って瞼の上に青いアイシャドーを刷(は)いていた。ビールをすすめると遠慮しなかったので、寺岡も形だけコップに受けた。

「夜の湖水って、素敵でございますね」

「雨が降っているのに、外へお出になったんですか」

寺岡が言うと、楓は表情だけで笑った。

「部屋の電燈を消して、窓から見ました」

「なにか、見えましたか」

「むこう岸のあかりが、水にちらちら映っておりました」

暗い室内で若い女がただひとり暗い湖面をみつめている姿を想像すると、なにか胸をしめつけられるものを感じて、寺岡は話題をかえた。

「さっき、ハーンは節子と結婚したためにひどい目に遭ったと言いかけて、そのままになってしまいましたでしょう」

「はあ。……そんなに悪妻だったんでございますか」

「長男の小泉一雄という人は明治二十六年に生まれて、ハーンは三十七年に亡くなっていますから、数えでも十二のときに父と死別して、以来母の手ひとつで育っているんです。そのために、母子仲がよければ問題はなかったんですが、よほど仲が悪かったんじゃないでしょうか。母親のほうにも、むろんいけないところはあったと思います。が、一雄という人の『父小泉八雲』という著書をみますと、遠まわしに書かれてはあるものの、節子はかなりあしざまに書かれているんです。……一、二の例をあげますと、節子はなにか第三者に相談に乗ってもらうようなとき、自分の意見はけっしてのべないくせに、自分の考えをそれとなくにおわせるという方法で相手に自身の欲するままを是認させてしまって、結果が悪ければ責任のがれをしたとか、出雲のお国と生国がおなじだっただけに芝居気があったとか、一雄に大宮へ別荘をつくれとすすめておいて、彼がそこへ移ると息子まで自分を捨てたと吹聴したといった類です。父には小学生時代に死別しているんですから、そこにえがかれている節子の姿はおおむねハーン死後のものですし、著者も晩年の母は別人のように変化したと書いているんで、無視や黙殺はゆるされないまでも、それをハーン在世中の小泉八雲夫人の像としてとらえることはできないと思います」

コップが空になっているのに気づいて寺岡がビールをすすめると、楓は頭を下げて受けたが、口へは持っていかずに卓へ置いた。

「その点を混同してはいけないんですが、小泉一雄という人の著書には、彼の母というよりも小泉八雲夫人のイメージをいちじるしく傷つける毒があります。……僕が敗戦直後に『オバケごっこ』という小泉八雲夫妻のいわば夫婦協力のものがたりを書こうと思い立ったのは、節子夫人の『思い出の記』という追想録を読んだからなんですが、その『思い出の記』は彼女自身の手記ではなくて、代筆者の手に成ったものだということも『父小泉八雲』には書かれてあるんです」

もともと『思い出の記』の執筆はハーンの在米時代の友人らのもとめによるもので、英訳の上アメリカへ送られることになっていたが、尻ごみする節子に、文章は自分が書くからハーンに対する最後のつとめだと思って引き受けろとすすめたのは、節子の親戚でのちに東大の史料編纂所へ勤務して、内田実の名著といわれる『広重』の助力をしたり、歴史学者黒板勝美の口述筆記などもしたことのある三成重敬（みなりしげゆき）であった。そのため、三成はつとめて女らしい文章を書いたが、節子は文字も至って拙劣であったから、その清書は一雄の友人で後年独文学者となった江馬道助の姉のぶ子の手をわずらわした。そして、その原稿を坪内逍遙にみてもらうために一雄が使いに出されたところ、逍遙はなにもかも見通していたので、つい正直に事実を告げてしまったと帰宅してから打ち明けると、母に叱られたということも書かれてある。

「節子という人の、特に晩年はなかなか見栄坊だったようですが、名士の未亡人としての体面をたもつためだとすれば、許せないこともありません。それはそれでいいんですが、そうとわかってみれば、書かれてあることは事実にしろ、代筆者の立場としては口述者の気に入らないことは書けませんから、どうしても綺麗事になっているはずです。そのために、僕としては『思い出の記』をよほど疑ってかからなくてはならないことになって、それが自分の作品を作品として練る上で大きなつまずきのもとになってしまったわけなんです。『父小泉八雲』に毒があると言いましたのは、僕にもその毒がまわってきたことを感じたからで、ハーン在世中の節子と、未亡人になってからの晩年の節子をどのあたりで区別したらいいのか判断に苦しまされるようになったんですが、はっきり在世中のこととわかる点だけをひろいあげても、節子がハーンにとって満足すべき妻だったとは、すくなくとも僕には考えられません。賢母はともかく、節子に良妻のイメージが強いのは、『思い出の記』がなんら疑われることなく鵜のみにされてきた結果ではないんでしょうか」

「そういたしますと、『思い出の記』以外に信じられる記録がございますんですか」

「あるとは言えませんが、ないとも断言できません。たとえば『父小泉八雲』にも、ハーンは新婚当時の節子の手が荒れているのをいたましがって、はにかむ彼女のヒビがきれた手を自分の白くてやわらかい手で撫でさすりながら、あなたは両親に貞実な人です、この手がそのしるしですと言ってなぐさめたという挿話が採りいれられています。しかし、それは当然小泉一雄の生誕以前のことで、そういうふうに伝わっている話がほかにもいくつかあるわけです」

彼女の手足が太かったのは没落した養家の家計を助けるために早くから機織や針仕事をしたためだし、ヒビをきらしていたのは結婚の前日まで働いていたためだとか、ハーンはその手足の太いのを見てサムライの娘であることを疑ったなどともつたえられている。現実に労働と肥満にはどの程度に関連があったか、彼女の体形に合わせてつくられた美談だと疑えば疑えぬではないものの、結婚後もその養父母の稲垣夫妻を自身の手許に引き取って扶養するいっぽう、実家の小泉家には兄や姉もいたのに、未亡人となって大阪に居住していた実母の許へも月々の送金をしていて、それがすべてハーンの負担となっていたという事実は否定できない。

「現物が今ここにないんで、もとの文章そのままじゃありませんが、意味はまちがっていないと思います。小泉一雄は『父小泉八雲』のいちばん終りに近いところで、母はたしかに父に対して貞淑だった、一部の外人女性のように横暴ではなかったが、父の純情に対してもっと従順であってもらいたかった、ただされ苦しみの多かった父にすねたり、時どきヒステリーをおこして苦しめるべきではなかったと書いているんです。この貞淑だったという点と、素直ではないヒステリー持ちの女性だったという両面のどちらを取るかが節子に対する評価のわかれ目になりますが、特に節子に重点をおいて小説を書くとすれば、僕としてはハーンをかなり苦しめた点も看のがしてはならないだろうと思うんです。その上で、『怪談』その他の素材提供者としての節子の協力ぶりを取りあげるべきでしょう」

「亡くなった主人などは、そういう点にはまったく触れておりませんが……」

「そりゃ、当然です。高垣さんは学者で、作品研究や作品論に今のような話をはさめば学問ではなくなりますもの。……これは僕のまったくの想像に過ぎないんですが、ハーンの創作としての妖怪譚を読んでいますと、実に多くの美女が出て来るんです。『和解』がそうです。それから『衝立(ついたて)の女』『弁天の同情』がそうです。『鮫人(さめびと)の感謝』には、彼の最大の野心は非常に美しい女と結婚することであった、という一節があります。『梅津忠兵衛のはなし』『忠五郎のはなし』『乳母ざくら』『葬られた秘密』『雪おんな』がみんなそうなんです。妖怪譚はもともと超現実の世界をあつかっているわけですが、これは節子があまり美しくなかったので、特に自身の家庭生活にないものをもとめた結果じゃないでしょうか。……そう言うと、彼は滞米中から妖怪譚に興味をもっていたと言われるかもしれませんが、アメリカではひどい生活をしていたんで、事情は同じだと思うんです。それから、もういちど『雪おんな』について言えば、娘の声はまるで歌鳥の声のように耳にこころよくひびいたという形容があるんですが、声の美しさにもハーンはずいぶん執着した作家で、『弁天の同情』にも『忠五郎のはなし』にも『お貞のはなし』にも『人形の墓』にもあります。ハーンは少年時代に左眼を失明して、右の眼は強度の近視だったために、視覚より聴覚、女性の声の美しさに異常な魅力を感じていたせいじゃないでしょうか」

「節子夫人の声は、どうだったんでございましょう」

「さあ、それを知るデータは僕が今まで眼を通したものの中にはありません。しかし、僕流の空想でいえば節子は声は悪かったんで、ないものをもとめたのかもしれません」

「先生の節子に対する採点は、ずいぶんきびしゅうございますね」

「そうかもしれません。いよいよ作品にかかれば別ですが、書く前にはきびしく、きびしくと心がけているうちに、はじめて真実がみえてくるんじゃないでしょうか。いちど天にのぼって花をひらいている節子像を地上に引きもどして、僕はもういちど別の花をひらかせてみたいんです。花を枯らすつもりなら、今のままで放っておけばいいんです。ひらかせるつもりだから今度の旅にも出て来たんで、いまは地上へ引きもどす作業中ですから、どうしてもきびしくなるんです。……ハーンは、節子にずいぶん助けられています。しかし、節子に重たい荷を背負わされていたことも事実で、その相乗作用の中から、恐らく妖怪譚の原話にはなかった彼の作中の女の美しさや、女の美しい声なども生まれてきたとみるべきでしょう。ハーンは節子に、私下品のこと少しも知りたくないです、ただ上品のこと教えるくだされと、例のヘルンさん言葉とよばれる独特な日本語で言ったということが『父小泉八雲』の中にあります。二人の現実はそういうものだったと思うんですが、節子のことで一つだけ僕が手放しで感動した挿話があります」

「それは、どういう……」

「敗戦前後に松江で一時期をすごした山本健吉さんが七、八年前の雑誌に『旅情出雲』という随筆を書いていましてね、出雲は東北のズーズー弁の飛び地で、どうして出雲だけがズーズー弁なのか方言学上の謎だといっているんですが、小泉節子もその一人なんです。ハーンは節子に英語を教えることをあきらめて、ヘルンさん言葉で用をすませていたんですが、節子はひそかに英単語のメモを残しています。サラベントはしもべ、ネーボリがとなりの人といった類で、シレーペーにねむた江、ノテンに何でもな江、アネテンというのはエニシングでしょうか、すこしでもと出雲弁で訳語を書き留めているんですね。ちょっと、ほろりとさせますでしょう」

楓がうなずいたときドアがノックされた。中年の女性マッサージ師であった。戸外の様子をたずねると、雨はまだ降りつづいているとのことであった。それをしおに、楓は自分の室へ帰っていった。

寺岡は治療がすむといつもよりやや多量の催眠剤を、コップにのこしておいたビールで服用して熟睡した。

＊

翌朝ハイヤが来たときには、雨はあがっていた。薄陽もさしてきて、寺岡が旅先で雨に降られたことがないといった通りになった。楓はまた徳利スエータに着かえていたが、組み合わせをスカートにしていた。

「今日これから見てまわるハーン関係の目的地は、八重垣神社の鏡の池以外、節子を知る上でほとんど参考にならないだろうと思います。しかし、僕としては作品になにがしかの幅なり厚みがくわわるかと思って、無駄かもしれませんが行ってみるわけです。あなたも、期待なさらないでください」

ハイヤが恵曇（えとも）街道を佐太神社へむかって北進しているとき、寺岡は言った。

これまで、誰もその優秀さをみとめた人はいないようだが、佐太神社の境内には城山稲荷のものなどとは比較にならぬほどすぐれた高麗犬があった。その帰途、ふたたび松江の市内へもどってハーンの小豆磨（と）ぎ橋の怪談にゆかりのある八雲旧居に近い普門院へ立ち寄ったが、松江の市街は大橋川をあいだにはさんで南北に二分されている。あとは南へ南へと進んで八重垣神社と鏡の池をみたあと、さらに両側に竹林の多い道路をいかにも山と山とのはざまへ入って行く奥地といった感じの地点にある、彼等のほかには誰ひとりいなかったためにいっそう幽邃（ゆうすい）な思いのした熊野大社に参拝してから、八雲立つ風土記の丘という所にある考古資料館ものぞいて、十一時四十五分の急行だいせん一号に充分まにあう時刻に松江駅前へ着いて、その近くで昼食をとった。

どこへ行っても前夜の雨で土は濡れていたが、竹といわず、松といわず、それだけすべての植物は水分をふくんで色彩をゆたかにしていたようであった。地理的な関係で参拝者がすくないせいか観光バスも行かぬためにやや荒れている佐太神社はともかく、熊野大社も悪くなかったが、申し合わせたように二人の印象に強くのこったのは普門院と八重垣神社であった。普門院の門を入って左側にある、椿と紅梅とが人知れずひっそり咲いている裏庭からみた松江城のたたずまいが好もしかったのも、やはり雨後のせいだったかもしれない。八重垣神社の門前にある幹のふとい連理の玉椿にもその前から立ち去りがたい思いをさせるものがあったが、稲田姫命が姿をうつしたという鏡の池は本殿の左脇から小径を行くと小川の先にある佐久佐女(さくさめ)の森とよばれる薄暗い木立の中にあって、その池の傍には無数の蛇がはいまわっているように根を張っている巨木もあった。

「今でもまだ、占いをしてみる人がございますのね」

池の底をみていた楓が言った。浅い底には、同じように青くなにかを印刷したらしい紙片が何枚か沈んでいた。そういう紙を神社で売っているのだろう。

コインをのせた紙を鏡の池に浮かべて、紙が早く沈めば愛している相手と結ばれるということは、『知られぬ日本の面影』にも記されている。少女のころ女友達とそこへ行って運を占った節子の紙は容易に沈まなかったので、よほど遠くの人と結ばれるのだろうと言われたということをとらえて、やはり節子は異邦人と結ばれることになったと伝記作者の一人は書いているが、縁遠いとは距離より時期の問題ではないのか。時期でいえば、節子はさほど晩婚ではない。その筆者は、ハーンにばかり心をとられて、彼女が数えで十九のとき聟の為二をむかえたことを忘れている。

だいせん一号は往きのまつかぜ一号ほどではなかったが、やはり混んでいた。

鳥取を過ぎると、山肌にはまたしても残雪がみられはじめた。因美線の車窓からみたものより、積雪量が多かった。左側には、日本海が見える。そして、兵庫県に入ると、水田はいちめんに暗い灰色にみえる雪に覆われていた。寺岡は六、七年前に北海道へ行って函館にちかい大沼の結氷をみたが、その氷の色に似ていた。

「降ってから、どのくらい経っているんでございましょうか」

「さあ、十日じゃきかないんじゃないですか」

「それが、まだ残っているんでございますね」

寺岡は、考えようによれば年甲斐もなくといえるかもしれぬ、同行者に対して自身の胸中に去来するものをかえりみて、うなずくこともできぬ思いであった。

楓を窓側へ坐らせたので、彼が窓外を見ようとすれば、どうしても楓の横顔と上半身の一部が視界に入る。やや赤みをおびたやわらかそうな髪と、なだらかな肩と胸の線。恐らくはこれが男性としての最後の、炎とはとうてい呼びがたい小さな熾のようなものは、雪でいえば降る雪ではなくて、降りやんだあとに消え残っている残雪のようなものなのだろうが、自分は楓に惹かれていると、静かにおもった。

「城崎で、途中下車してはいけませんか」

時刻表をひろげて検討していた寺岡が言うと、

「城崎って、温泉でございましょう」

窓外に視線をそそいだまま寺岡の顔を見ずに低く言った楓の語気には、しかし、寺岡を刺す棘のようなものがあった。楓のなかにも、そういうものがあったのかと、旅の終りにちかくなって寺岡ははじめて知った。そのために、彼は一呼吸してから言った。

「僕は何度も此処を通っていながら、これまで城崎では一度も下車したことがなかったんです。あとでごらんになればわかりますけど、駅のすぐ手前にある温泉場は列車の中からでもよく見えるもんですから、前からいちど下車してみたいと思っていたんです。この列車の城崎着は十五時三十五分ですが、その次の十六時十三分発のあさしお三号は特急ですから、京都へ着く時間はいくらも違わないと思います」

「それですと、三十八分しかございませんけれど、先生はそれでよろしいんでございますか」

自分の思い違いに気づいたらしい楓は、すこし顔をあからめて言った。

「例の『城の崎にて』が書かれた土地ですから志賀直哉の文学碑があるようですけど、それを見なければ十分か十五分で足りるでしょう。ほんとに、温泉場は駅から近いんです」

それでも城崎で下車すると、万一をおもんぱかってタクシに乗った。そして、両側に柳の並木がある、橋の多い大谿川（おおたにがわ）の岸へ着くと、志賀直哉が泊って蜂の死ぬのを見たゆとう屋旅館の前まで行ってみた。大谿川の一角は工事中であったが、運転手の話では温泉その他の生活排水を流しているためによごれた川の清流を取り戻そうとして、川底より下に暗渠（あんきょ）を造成しているのだとのことであった。

「あなたに、保津川の流れを見せてあげられなくなったのが残念だな」

特急あさしお三号の車窓から次第に暮れていく丹波の山並みを見ながら寺岡が言っても、楓は淋しい笑顔を横に振っただけで、ほとんど口をきかなくなった。

小泉節子は昭和七年まで存命したものの、寺岡にしてみれば話をしたことはもちろんのこと、写真以外には顔を見たこともない相手なのにもかかわらず、その生い立ちや、生活ぶりや、性格など、かなり微細な部分まで把握できる。すくなくとも東京を出る以前にくらべれば、彼女の人間像がよほど鮮明になってきたとおもわれるのに、三日もいっしょに旅をして、相手の体温までが感じられるほど身近かに坐り合わせている高垣楓という女性については、いまもって何もわからないとは、いったいどういうことなのだろうかとおもいながら窓外に眼をやると、またしても残雪が眼に入って来る。水田ばかりか、民家の蔭にも深く積り残っている雪は、銀灰色から青みをおびて見えるようになっていた。そして、眼下に保津川が見おろせるはずのあたりへさしかかった時分には、もう完全に暗くなっていた。

京都へは十八時五十三分に着いた。

「一人で来るつもりだったために、最後の夜はもう一泊するかどうかきめてなかったもんですから、帰りの新幹線の切符は買ってなかったんです。二十時五十三分発の最終のひかりにしますが、あなたはそれでいいですか」

「先生のお一人分だけになさってください」

「どういうことです、それは……」

「あたくし、今夜は一人で京都へ残ります」

「そんな……」

「いいえ、先生とは京都でお別れしたいんです。最後に、お夕飯だけもう一度ごいっしょさせてください」

「そんなの、ありませんよ」

「京都のほうがよろしいんです」

寺岡の顔を正面からみて言ったきり言葉につまった楓は、

「東京でお別れするのは、つらいんです」

言いながら背をむけると、ロッカーのほうへ立ち去っていった。

タクシで四条河原町まで行って、人ごみにもまれながら八坂神社のあたりまで歩くと、二人は万亭ともいわれる一力の横から裏道づたいに畷通りへ出て、窓から鴨川の流れがみえる先斗町の小さなレストランへ入った。寺岡がビールをすすめると、楓はゆっくり時間をかけてコップに二杯のんだが、そのあいだ一と言も口をきかなかった。

それから木屋町通りを通って、堺町通りの近くでコーヒーをのんでからタクシで京都駅へ着くと、発車時刻までにはいくらも時間がなかった。ホームへは来ないほうがいいと寺岡が言っても楓はついて来た。ホームには、彼等以外に乗客が一人もいなかった。

「あたくし、先生にはもうこれきりお目にかかりません」

「僕も逢いたいと思うことはあると思いますが、僕らの年齢になりますとね、もういつの日か、という言葉はないんです。あなたとお目にかかるのは、恐らくこれが最後でしょう」

「今度の旅のことは、一生忘れないだろうと存じます。いろいろ、ほんとうにありがとうございました」

階段のほうへ去っていく楓のほっそりしたうしろ姿が消え去らぬうちに、列車の到着をしらせるアナウンスがはじまった。

引用は新カナに統一した。文中に出所明示した以外では森銑三『「広重」の助力者三成重敬氏』（図書）、上田和夫訳『小泉八雲集』（新潮文庫）、平井呈一訳『怪談・骨董他』（恒文社）を参考にした。

広瀬朝光氏は現在、岩手大学人文社会科学部教授である。

〔1978（昭和53）年4月「文藝」初出〕

散るを別れと

1

路上での待ち合わせに、二時から二時半までのあいだというきめかたでは、あまりにも幅を取りすぎる。が、その前に墓参をすませておくとすれば、そこでのメモなどにどのくらいの手間がかかるか、正確な所要時間をはじき出すことは困難であった。

「私のほうはどうせ閑人なんですから、お気になさらないでください」

先方に言われると、いかにもこちらが忙しい人間であることをひけらかしているようで気がさす。二時から二時十五分までか、二時十五分から三十分までのいずれかということにしようか。それとも、いっそ二時に落ち合って、いっしょに墓地へ行ってもらおうか。迷いながらも、私はやはり自分が最初に言い出した時間を訂正しかねた。

「……じゃ、ほんとに勝手ですが、そうさせていただきます」

そう言って電話を切ったのには、一応二時から二時半までということにさせてもらっておいて、できれば二時十分か十五分ごろまでになんとか約束の場所へ行き着けるようにすればいいのだという気持があった。

変貌いちじるしい東京の市街の現状を私があちらこちらさぐり歩いて、その土地土地にかかわりのある明治このかたの文学作品や、自己自身の少青年期以来の回想をからめながら、ある雑誌に連載した随想を一冊にまとめて出版したのは、昨年の暑い季節にさしかかろうとしていた直前のことである。

そのとき自著を寄贈した友人知己からの礼状にまじって、何通か寄せられた未知の読者からの書簡のなかに、生沼晋吾からのものがあった。

七十歳を越えているという生沼は、げんざい文京区に組み込まれてしまっている小石川の白山附近で生まれ育って、いまもその地に居住しているとのことであったから、たまたま私の文章に遭逢して、自己の内部にふかく沈潜していたその周辺の土地に対する懐旧の念を喚起されたというだけのことにしか過ぎなかったのだろう。私が白山花街は戦火をまぬがれて、大正期の山の手の花街の面影を今なおそのままとどめている唯一の場所だから、いやな言葉だがとことわった上で、都内あるきの穴場だと書いた部分に特に共感をおぼえた様子であった。

もっとも、それだけのことであったら、私も返事を差出すまでには至らなかったに相違あるまい。

その手紙には、私の旧著を三冊所蔵しているので、いつか署名してもらいたいということと、白山花街についてなにか知りたいことがあれば、小学生時代の同級生に土地の料亭の主人がいるから紹介するということが書き添えてあったので、私はいずれ機会をみて自分のほうから訪問するという旨のはがきを投函しておいた。会えば、なにかふるいことが聞けるかもしれないという期待もあった。

それを、忘れていたわけではない。

むしろ始終気にかけながら、仕事に追われたり、書けなければ書けないで机の前をはなれられなかったり、体調を崩したり、けっきょく急を要する用件ではなかったことが原因で、いつか年を越してしまった。そして、生沼晋吾から私の短篇小説を読んだという、年賀状も勘定に入れれば三通目の音信にあたる封書がとどいたのは二月中旬で、その書簡には彼自身の近況をのべたあとに、白山花街も昨年の十二月末で三業組合が解散したとのことですと附記されてあった。

いわゆる茶屋遊びが、時代の好尚に合わなくなった事態は如何ともしがたい。新橋や柳橋、赤坂のような一流地ですら、しだいに若い芸者の補充がつかなくなって、いわゆる石油ショックよりもよほど以前から花柳界ぜんたいが低落傾向をたどっていることは否めなかった。

東京のことをのべた著書のなかに、私も湯島や吉原仲之町の花柳界が衰微の一途をたどっているありさまを書きとめておいたが、白山の三業組合が解散したということは、仲之町のように見番だけが閉鎖になって花街の営業自体は今なお維持されているのか、それとも白山花街ぜんたいが根こそぎ廃業してしまったのか、そのへんのところが文面からはうかがい知ることができなかったので、この際いちど現地へ出向いて行ってみようという考えがうかんだ。訪問の約束も、いつまで放置していていいというものではない。今度こそ生沼晋吾に会おうとおそまきながら心をかためたのは、あきらかにその書簡に接したからにほかならなかった。

が、またしても、短いものをひとつ書き上げてしまってからにしようとか、のび放題にのびてしまった髪を刈ってからにしようとか、要するに出不精が原因でしかなかったのだが、いくつかの理由でさらに何日かが経過していくうちに、今度はもうひとつ別の白山行きの目的を私はいだくようになっていた。そして、そういう状態になってみると、なぜそれまでにそういう考えが浮かばなかったのかということのほうが、かえっていぶかしまれてきたほどであった。

「もとの東片町なんです」

私が生沼晋吾に電話をしたのは三月に入ってからのことで、文京区の地図をみると大円寺の所在地は向丘一丁目にある向丘高校に隣接していて、三田線ともよばれる都営地下鉄六号線の白山駅に近い。そのため、私は大円寺の墓地に今も恐らくのこされていると思われる斎藤緑雨の墓をたずねてから、どこかそのへんで落ち合いたいと言うと、生沼は向丘一丁目がどのへんか一瞬まよったらしいので旧町名を告げるとすぐわかって、それでは白山上の南天堂書店の前で待っているということになった。

そこで会えば、白山花柳界は坂をひとつくだった場所にあるし、白山花街は樋口一葉の『にごりえ』の舞台になった丸山福山町の銘酒屋街があった湿地を埋め立てた跡に出来た花街である。そして、緑雨はそこに住んでいた当時の一葉を幾度か訪問している。

私が生沼の自宅を訪問するというかたちを崩して、彼と落ち合う場所を取り決めるために前日の夕刻打ち合わせの電話をする気になったのは、そのすこし前に、緑雨の展墓を思いついていたからであった。

今冬のヨーロッパは、きびしい寒波のために豪雪に見舞われたらしい。テレビでそういう画面にいくどか接したが、反対に東京は暖冬で二月いっぱい異常高温がつづいた。そして、三月に入ってからは曇天と雨天の繰返しで、寒の戻りといわれるような寒い日の連続であったのにもかかわらず、約束の日は晴天で気温も低くなかった。

「よかった」

取材のための都内あるきをしたころ、寒い日には手がかじかんでメモが取りづらい思いを体験していた私は、自分のためにも、路上で待ち合わせることにした生沼のためにもほッとした。

国電の巣鴨で地下鉄に乗り換えると、白山は二つ目の駅である。

白山の町並はちょっと複雑で、巣鴨から水道橋方面へ通じている白山通りと、駒込から東大前を経て神田明神の方向へ通じている本郷通りを、すこし無理でも平行線に見立てることにすると、以前ともに都電が走っていた二つの通りは白山上附近——後者でいえば本郷肴町あたりで両方から内側へ深くくびれ込むように接近している。南天堂書店はその間隔がせばまった二つの通りをつないでＨ字状をなしている短い商店街を白山上から行けば左側にあって、むろん現在の店舗は戦後に再建ないし三建されたものだが、大正末年ごろその二階にあったレストランは、ダダイストやアナーキストの溜り場になっていたといわれる文学遺跡である。

そして、そのほかにももうひとつ、白山通りと南天堂書店のある商店街とをむすぶ接点からななめに東大農学部前のほうへ通じる、以前にはバスの走っていた通りがある。旧中山道で、現在ではアスファルトの舗装路に銀杏並木がつづいている。その道路を農学部前へむかって二百メートルたらず行くと左側に材木商があって、材木置場の脇に高さ三メートルちかい花崗岩の角柱が建っている。戦災で欠けたか折れたかして再建したらしく、まだ新しい感じのもので、正面には「禅 曹洞宗金龍山大円寺」、右の側面には「ほうろく地蔵尊安置」という文字がかなり深く彫りこんである。

角にその角柱がある材木商の右脇が短いわりに幅のひろい道路になっていて、突き当りの右半分が運動場越しに校舎のみえる向丘高校の裏門で、左半分が大円寺の柱の太いコンクリート製のいかにも俗っぽいという感じの朱塗りの山門だが、千社札が貼られているのは、寺院が江戸三十三観音の第二十三番霊場のためらしい。

山門の正面に地蔵尊がまつってあって、赤い涎掛けをした地蔵尊の坊主頭の上に五、六枚のほうろくが積みかさねてあるのが、遠目には味噌漉帽(みそこしぼう)をかぶっているように見える。ほうろくを献じると、どんなご利益があるのか。そんなことよりもなによりも、めざす斎藤緑雨の墓碑ははたして健在なのか。そのとき私が携行していた文京区の大判の地図には大円寺のところに「高島秋帆墓」としか記されていなかったので、すこし歩調を早めて山門の右側の柱の前に建てられている非鉄金属製の掲示板をおもわせる標識に近づいていってみると、あった。

横書きの撰文は江戸の砲術家高島秋帆のほうが上で、今は一部の人にしか知られなくなっている斎藤緑雨は下になっているが、秋帆はさしあたり私にはまったく用がないので、メモ帳とシャープペンシルを取り出して緑雨の部分だけ写し取った。標識は文京区教育委員会が昭和四十九年十月に建てたもので、原文は横書きのために数字にはアラビア文字がもちいられている。

斎藤緑雨の墓

慶応三年～明治三七年（一八六七～一九〇四）。三重県生まれ、名は賢（けん）、別に正直正太夫など、明治時代の小説家で戯作風の「油地獄」「かくれんぼ」などで文壇に名をなした。かたわら種々の新聞に関係して文筆を振うが、一生無妻で、俗塵に妥協することなく自己の世界に生きた人である。


筆写しながら、ほんの一瞬私は苦笑した。

「最終版で、おかしいなと思うルビがあったら、君はどうする」

青年時代、私は新聞社の校正部にいたことがあるが、当時の新聞は難読とおもわれる文字にだけ振りガナ——専門用語でいえばパラルビが送られていて、私は入社直後に部長からたずねられて返答に窮した。

「辞書なんかひいてる時間はないから、ルビを取っちまえばいいんだ」

部長は、こともなげに言った。読者には不親切でも、間違っているよりはいい。無いことは誤りではない、と教えられた。

それを、私は何十年ぶりかに思い出した。

緑雨の本名「賢」は「けん」ではない。それについては、彼が師とあおいだ仮名垣魯文から、金がふえるという縁起をかついだ駒引銭（ぜに）を模した、猿が馬を曳いている文様の印形を贈られたという挿話があることによっても明らかなように、「馬猿」すなわち「まさる」が正しい。

道路は山門の前で左へ折れていて、そこからは自動車が一台やっと通れる程度に道幅がにわかにせまくなるが、その道路をはさんで右側が寺院、左側が墓地になっている。「史蹟高島秋帆墓」というやはり花崗岩のやや小ぶりな石柱が建っている、万年塀にかこまれた墓地の入口には石の門柱にペンキ塗の木の引き戸が取り附けられてあって、手を掛けると苦もなく開いたが、私は思い直して山門まで引き返して境内へ入っていった。

「斎藤緑雨さんのお墓は、どのへんにございますか」

本堂の脇に、手拭を姐さんかぶりにしてモンペを穿いた墓守りらしい小柄な老女がいたのでたずねると、

「おいでになれば、誰方（どなた）にでもすぐおわかりになりますんですよ」

私などが子供の時分から聞き慣れた歯切れのいい東京弁で言いながら、先に立ってブロック

塀の一角にある裏木戸を開けた。その木戸は先刻の墓地の入口の門とむかい合わせになっていて、右のほうへ長方形にのびている墓地は、入ってみると外見よりはるかに広かった。万年塀の切れ目よりさらにずっと奥までひろがっていて、その突き当りのへんにまだ冬枯れて葉を落したままの欅が高々とそびえている。

「お線香をあげたいんですが」

包み紙の用意がなかったので、やむなくむき出しのまま紙幣をわたすと、いったん赤銹びたトタンでかこわれた物置小屋のなかへ入っていった老女は、すぐ二束の線香のほかにシキビと閼伽桶（あかおけ）とを持って出てきて、墓地の中央へんにあたる位置の右寄りにある墓石の前へ案内してくれた。

斎藤緑雨の墓

（明治時代の小説家・随筆家）

なぜ「小説家・評論家」ではないのか、私はまたしても「随筆家」という文字にひっかかるものをおぼえたが、いずれにしろ教育委員会はそこにも縦長な非鉄金属製の標識を建てていて、なるほど老女が言ったように誰にでもすぐわかる。「斎藤氏之墓」と刻み込まれた文字の上には丸に撫子（なでしこ）の家紋が浮き彫りされてあって、戦火のために角の剝落した墓石が多いなかでは、ほぼ完全にちかい形で遺っているといえるものの一つであった。

「……ご親戚で、誰方かお参りなさる方がおありなんですか」

墓碑のむかって左後方に卒塔婆が一本建っているのをみて、私が斎藤家は緑雨の死によって絶えたはずなのにと思いながらたずねると、

「あたしはこのお寺のお世話になってからもう十五年になりますけど、ご親戚では誰方もおみえになったことがございませんよ」

老女はその墓碑が今や実質的には無縁仏で、自分はよく知らないが東京都か文京区によって管理されているのではないかと言ってから、私が卒塔婆を指さすと首を横に振った。親類縁者ではないという意味で、なんでもその人は若いころから緑雨を愛読していたとかいう、当時すでに八十歳くらいにはなっていた老人だったそうだが、松戸のほうだかに住んでいると言っていたとのことであった。が、塔婆があるのは、そのとき然るべき回向がおこなわれたということなのだろう。

欲得現前
莫存順逆為春暁院醒客緑雨居士七十回忌追善塔　小倉如雲

風雨にさらされて暗灰色になっている卒塔婆にはそう記されてあったが、明治三十七年に歿した緑雨の七十回忌といえば昭和四十八年で、いまからでは六年前のことである。また、どう

したわけか、その戒名もげんみつにいえば誤っている。晩年の緑雨と親交のあった馬場孤蝶の回想記のひとつ『本所横網』によれば、葬列にくわわった幸田露伴が日暮里火葬場への道みち友人たちに乞われて、仄字（そくじ）ばかりだがと言いながら考案したとつたえられる戒名は「春暁院緑雨醒客」で、「醒客緑雨」ではない。また「緑雨醒客」は緑雨生前の筆名のひとつでもあった。

「どうぞ」

手際よく掃墓したのち、シキビをそなえて墓石に水をかけてから線香を立てると、老女は脇へ寄った。

「お世話さまでした。僕はちょっと此処へ残らせてもらいますから」

自分も水をかけて合掌してから私が言うと、老女は一礼して小さな背姿をみせながら閼伽桶を提げて去っていった。

むかって右の側面には、次のような刻字がみられる。右から左への順で、筆写した。

操楨院杏林義叟居士　明治十二年九月廿三日
操謙院循相妙楨大姉　安政六年三月廿三日
心如院法学利光居士　明治廿七年八月廿日
心境院法相利貞大姉　明治廿七年九月四日

あとの二人が、命日を緑雨の「年譜」と照合して彼の両親であることは、特に父の俗名が利光なのでいっそう確実だが、前の二人は父利光の義父母だろう。緑雨が生誕地の三重県伊勢から一家とともに上京したのは明治九年十歳の折だから、その三年後に祖父が東京で歿したとき、祖母の遺骨も郷里からこの墓地へ移して埋葬したのだろうか。まったくの推測に過ぎないが、記銘からはそんなことが考えられる。すくなくとも、そう考えなくてはこの記銘の順序には理解しかねるものがある。

そして、その反対側——むかって左の側面には、次のような文字が読み取れる。こちらは、二名のみである。

春暁院緑雨醒客居士　明治三十七年四月十三日
心理院実学道譲居士　明治三十四年五月廿八日

これも、やはり右から先に写し取った。前者が緑雨であることは言うまでもないが、後者が「実学道譲居士」の「譲」の字から緑雨のすぐ下の弟譲の戒名であることも間違いがない。が、筆写し終っていったん墓地の門のところまで行った私は、ふと譲の「明治三十四年」という歿年度が自身の記憶とは相違していることに気がついて、もういちど確認するために墓域まで引き返して碑面を見直したが、刻字に関するかぎり誤写ではなかったのにもかかわらず、疑念はなおのこった。

「……お待たせいたしました」

すこし早めに家を出たのにもかかわらず思いのほか手間取って、私が約束の場所である南天堂書店の前へ行き着いたのは二時二十分であった。

生沼晋吾は打ち合わせの電話の折に、私の顔は新聞で写真をみているからわかるだろうと言っていたが、先に声をかけたのは私のほうで、背広にジャージーのポロシャツという服装の彼は右腕に角張った風呂敷包みを大事そうにかかえて、紺足袋に畳つきの草履をはいていた。

私などの旧著を三冊も所蔵しているということはよほどの読書家だというなによりもの証拠だし、かつて何軒かの出版社で校正の仕事をしていたということからベレ帽でもかぶっている人かと想像していたのに、そうしたいわゆる文化人タイプではなくて、いかにも市井の人という感じであったことに、私はなんということもなく安堵した。私がその人だと見分けることができたのは、電話の折に風呂敷包みを持っていると告げられていたからであった。

「せっかちだもんですから、だいぶ早く来ちまいました」

よほど待ったのではないかと私がたずねたのに対して、へんな隠し立てをしなかったことにも好感がもてた。

「これでございますけれど」

南天堂書店とは道路ひとつへだてた筋向いにある喫茶店へ入ると、せっかちだと言った生沼は早速私の旧著を風呂敷から取り出して署名をもとめた。

「お差支えなければあとでお宅へお邪魔させていただきますから、署名はそのときにさせてください」

講演などをさせられた場合だけは自分が何者であるかを知られてしまった後なので別だが、人目のあるところで、そういうことをするのに私は耐えられない。ましてそのときの私は、寸鉄人を刺す一代の皮肉屋斎藤緑雨の展墓をしてきたばかりであった。言ったあとになってもまだ私は頬の火照りが去らないのに当惑して、その店が薄暗かったことに救われた。

「……ああ、残念なことをしました」

生沼はその店を出ると、私が先刻歩いてきたばかりの東大農学部前へ通じる旧中山道を通って、大円寺前よりすこし先の白山一丁目という交通信号がある四つ角を右へ曲ったところにある浄心寺坂をくだりながら言った。カメラを持って出るつもりでいながら、忘れてきてしまったのだということであった。

そのあたりは以前の指ケ谷町——現在の白山二丁目で、坂下の右側にはかつて八百屋お七の墓所とつたえられる円乗寺があったところから、その坂には於七（おしち）坂の別称もある。いまでは、丈ばかりいたずらに高い二本の貧弱な銀杏の樹の脇に一坪にも充たぬかと思われる小さな祠があるきりで、敷地もいたって狭隘なものでしかないが、そこまで行くとふたたび白山通りは眼と鼻の先であった。

白山下とよばれるそのへんの地勢や町並は、白山上以上に複雑をきわめている。正面にみえる植物園のほうへ通じている幅の広い登り坂は蓮華寺坂だが、坂下から水道橋――特に富坂下あたりに至るまでの白山通りは本郷台地と小石川台地にはさまれた谷底で、浄心寺坂下からどの道路も渡らずにそのまま左へ町並にそって切れこむように曲っていくとすぐ白山花街へ入る。別の言い方をすれば、いまくだってきたばかりの本郷台地の真下に相当する低地に、白山花街はある。

が、その一角だけは、戦災を受けた他の花街とほとんど変りがない。戦時中の強制疎開址のためか、戦後になってから道路が拡幅されたための改築か、料亭の建物にもモルタルのものなどがある。そして、そこからさらに右手へのびている道路も、そのへんとしては広いものである。徳田秋声の『縮図』の女主人公小野銀子のモデルであった小林政子がいとなんでいた芸者屋富田家の跡は、戦後もしばらくその道路の右側に荒れはててはいたものの戦前のままの姿をとどめていたのに、いつか外観だけが見違えるほど変貌したなと思っていると、その家屋も跡形なく解体されて、工事現場の建設事務所をおもわせる仮小屋風な、周囲に淡緑色のカラートタンを張りめぐらした二階建の倉庫になってしまった。私も六十歳を越えてからは時間の経過がいよいよ早くなるばかりなので、五年かそこらのような気もするが、あるいはそうなってからでもすでに十年ぐらい経過しているかもしれない。同色のトタンを張った大きな引き戸に「新研工業株式会社倉庫」と記されている建物が、それである。

「此処がそうですか、存じませんでした」

地元の人間なのにと、恥じ入るように言う生沼に、

「この通りに住んでいても戦後からの人や、あんがい倉庫の持ち主なんかも知らないんじゃないでしょうか」

私は言った。

斎藤緑雨が歿した明治三十七年は一九〇四年だから、今からでは四分の三世紀も以前なのだということが、あらためて思い直された。同時に、そんな遠い道のむこうへ行ってしまった人が、いま自分と本間頼子とを近づけているのだという思いが、なにかなま温かいというような感触をともなって体内から立ちのぼってきた。

「そうでしょうと思います」

あれは神楽坂の田原屋であったか、それとも浅草のアリゾナであったろうか。私が樋口一葉の死の直前における最後の意中の人は、広く彼女の想い人として知られている半井桃水ではなくて、斎藤緑雨ではなかったのだろうかというやや独断的な考えをのべたとき、なんというヘアスタイルなのか、ほぼ額ぜんたいを覆っている前髪を右眼の上あたりであいまいに二つに分けて、全体としてはふっくりしたうねりをみせながら、耳のへんを包みこんで左右からうしろへ撫でつけている毛先を肩にとどくあたりで強くカールさせてある本間頼子が、ちょっと考えてから同意したことを思い出した。そんなときの彼女は大きな瞳を伏し眼がちにして、こちら

を見ようとはしない。頼子の肌は浅い小麦色で、ほそい鼻梁と、薄い唇と、白眼の部分がとくべつ青いのが容貌の特徴であった。待ち合わせするとき、腰をすっかりかくしてしまうほど長いだぶだぶなスエーターにジーパンなどをはいて来ると、少年のような身体つきに見えることがある。胸にふくらみはあるが、ほっそりしていて脚が長い。

「選りに選って、倉庫とは……」

生沼が言ったのに対して、

「変るにしても、色気がありませんよね」

私は色気という言葉を口に出したために、頼子には少年のような身体つきのなかにも女らしさがあると思った。そして、あの顔は日本髪に結っても似合うのではないかなどと、自分でも意外なことを考えた。花柳界のなかを歩いていたときだったからだろうか。

富田家の筋向いにあったミニチュアのような朱塗りの稲荷の祠は敗戦直後になくなって、そのならびには真新しいマンションが建っているが、倉庫になった富田家跡の左右にはまだ黒板塀などのある戦前からの料亭が二、三軒のこっていて、私が都内あるきの穴場だと書いた路地の一角は健在である。いや、健在といっては、すこし正確さを欠くことになるだろう。狭隘な通路には長方形の花崗岩が敷きつらねられてあって、屋内は白昼でも電燈をつけぬかぎりいかにも暗いだろうと感じさせる陽当りのわるい料亭——戦前のことばでいえば小待合が檐(ひさし)と檐とをひしめくように接し合いながら両側に建ちならんでいる。客商売の家だけに手入れはゆきとどいているものの、中にはわずかながら破目板の部分が弓なりにふくらんでいたり、心もち家屋全体が横にかしいでいるものもないではない。

それにしても花柳界は夜の職業で、白昼では実情を知るべくもないが、生沼からの書簡にあったように、白山花街は根こそぎ廃業してしまったのかもしれない。すくなくとも、そう思われるほど活気をうしなっていて、普段着姿の芸者らしい通行人も一人として見かけなかった。

かつてはその二階で芸者や半玉が三味線や舞踊の稽古をしていたと思われる、二階に手摺などのある大きな見番の建物は、窓も出入口もすっかり戸じまりされた上に厚く埃をかぶって、明らかに閉鎖状態をものがたっている。

「手紙でお知らせした、私の小学校時分の同級生で料亭の親仁(おやじ)になっているのは服部っていう男ですが、ちょっと寄って訊いてみましょうか」

生沼が言ったが、もう誰にたずねるまでもなかった。白山花街はまだ生きつづけているとしても、断末魔だと私は思わずにいられなかった。

花柳界の一つが、消えていく。

それは、江戸文学最後の生きのこりの仮名垣魯文を受けついだ斎藤緑雨の精神の一部が、ほろりと欠けていくことに通じるのではなかろうか。

「この通りも道幅がひろがって、すっかり変っちゃいましたね。以前の電車通りの、倍じゃきかないんじゃありませんか」

白山下から花街へ入りこんだのとは別の、春日町のほうへずっと寄った横丁からまたしても白山通りへ出たときに私が言うと、

「三倍以上でしょう。……此処よりもっと先になりますが、蒟蒻閻魔の源覚寺あたりなんか、たいへんな変り方です」

言いながらさらに春日町のほうへむかって歩きつづけていた生沼は、樋口一葉の文学碑の前まで行くと立ちどまった。赤っぽい石に彼女の日記の一節を細字できざんである碑そのものも小さいが、敷地も八百屋お七の円乗寺址よりさらにせまい。が、そんなせまさにもかかわらず、碑の背後はちょっとした植込みになっていて、植込みの左端に「樋口一葉終焉の地」と横書きされた標識の金属プレートが、やはり文京区教育委員会の手によって建てられている。

柳町、指ケ谷町から白山下までが水田であつたことは、さう昔のことではない。僕等の十五六歳の頃までは確にさうであつたのであるから、彼の辺が埋め立てられて町になつたのは一葉女史の福山町に住まゐを定めた当時を去ることさう古いことではなかつたのだ。で、樋口家の人々が福山町に住つた時分には、彼の辺は未だ新開の町であつた。

馬場孤蝶の『「にごりえ」の作者』の一節で、孤蝶は明治二年の生まれだから、彼の「十五六歳」のころといえば明治十六、七年である。そして、一葉が『たけくらべ』の舞台となった

下谷区龍泉寺町三百六十八番地から、ここ本郷区丸山福山町四番地に引き移ってきたのは明治二十七年五月一日で、彼女は二十九年十一月二十三日にその家で二十五歳――満では二十四歳六ヵ月の生涯を閉じているのだが、碑面の日記は転居当時のものである。

家は本郷の丸山福山町とて、阿部邸の山にそひて、さゝやかなる池の上にたてたるが有けり。守喜といひしうなぎやのはなれ坐敷成しとて、さのみふるくもあらず。家賃三円也。

この一節をみても明らかなように、げんざい碑が据えられている地点そのものが一葉終焉の地ではない。碑は以前の「三倍以上」に拡幅された白山通りに面して建てられていて、碑の背後は私の目分量だから不確実だが、およそ四百坪――一三〇〇平方メートルくらいはあろうかと思われる貸駐車場になっている。そして、その正面に一部をコンクリートで蔽った高い崖がみえるから、一葉が「阿部邸の山にそひて」と書いている旧居は、その崖ぎわにあったものとみて間違いあるまい。げんに一葉転居より十年後に相当する明治三十七年版ながら『本郷区全図』なるものをみても、丸山福山町四番地はまばらな口髭をおもわせる「岡丘」という記号の部分に密着している。言いかえれば、文学碑は実際の旧居址より何十メートルか前方――旧小石川区寄りに据えられているということになる。南北に細長い丸山福山町はもともと本郷区の最西端にあったのだから、それに接して小石川区最東端の町並を形成していた民家は、白山通りの拡幅によって道路にのみこまれてしまったのに相違あるまい。そのふるい区界を、溝川が流れていたのだろうか。

「むかし大溝があったのは、ちょうどこのへんです」

恐らく、腐敗したような水がくろぐろとよどんでいたものと思われる。大溝という呼び方が、ゆたかだとは思われぬ人びとが住んでいたそのへんの町々の戦前のたたずまいを私の記憶のなかから引き出したが、生沼が指さしたのはそのとき私とならんで立っていた、歩道よりも内側にある駐車場の入口にあたる自身の足許のあたりであった。

溝川は、いつごろまで残っていたのか、生沼の少年時代まではないのかと思ったが、私にはあまり関心がなかった。突っ放した言い方をすれば、そのへんに一葉の居住した家があって、緑雨はどんな気持で彼女に手紙を出したり、その家を訪問したのだろうかということにしか、私には興味がなかった。

一葉に、ただ文学者としてばかりではなく、異性としても関心をいだいていたと考えられる当時の青年文学者はかなりいた。特に雑誌「文學界」の同人という関係もあって家庭訪問までしていた者としては川上眉山、平田禿木、戸川秋骨、馬場孤蝶などが挙げられるが、一葉より五歳年長だった緑雨が彼女に宛てて最初の書簡を差出したのは明治二十九年一月八日、訪問の最初は同年五月二十四日で、彼女の死は十一月二十三日だから二人の仲は文通がはじまってからでも一年に充たないし、面識をもってからではわずか六カ月にしか過ぎない。にもかかわらず、緑雨は一葉の病状が悪化すると、軍医でもあった森鷗外に名医青山胤道の往診を依頼してそれを実現させたり、眉山、禿木、秋骨とともに通夜をしたばかりか、葬儀費用の計算から支払いや借金の始末にまで当っている。また、死後二カ月ほどしか経過していない三十年一月に博文館から出版された一冊本の『一葉全集』に序文を寄せて、同年六月に同社から上梓された『校訂一葉全集』の校訂にあたったのも緑雨で、彼はしかもなおその上に、どの程度まで事を進めたのか、一葉の遺した日記を彼女の妹邦子からあずかって自身の死の直前まで編纂に心を裂いているのだが、はたして一葉は生前そんな緑雨をただの一瞬でも想像したことがあっただろうか。率直にいって、私にはなかったとしか考えられないが、彼女は疑懼（ぎく）と警戒をもって緑雨に接触しはじめながら、最後の最後には彼に好感と親愛をいだいていたことだけは否定できまい。

正太夫は、かねても聞けるあやしき男なり。今文豪の名を博して、明治の文壇に有数の人なるべけれど、其しわざ、其手だて、あやしき事の多くもある哉。しばらく記してのちのさまをまたんとす。

この男、かたきに取てもいとおもしろし。みかたにつきなば、猶さらにをかしかるべく、眉山、禿木が気骨なきにくらべて、一段の上ぞとは見えぬ。

逢へるはたゞの二度なれど、親しみは千年の馴染にも似たり。

前者は一月十日に受取った第二便に対する感想をのべた『水のうへ』の一節、後者は五月から六月にかけてしたためられた『みづの上日記』の一節だが、その間における心理的変化はあまりにも鮮明で、対蹠的ですらある。疑懼が、親愛に変っている。

「……まだ、どこかごらんになりますか」

一葉の死後「阿部邸の山」はいちど崖落れしているようだから、彼女の在世中——ひいては緑雨の眼に映じたものとではその高さもなにがしか相違しているのだろうなどと考えながら、コートのポケットに両手をさし入れたまま黄ばんだ冬陽を受けている崖の上を見上げていた私に生沼が声をかけた。

「いいえ、もう」

一葉には、龍泉寺に住む以前、そこから近い菊坂にいた期間があるし、震災と戦災をまぬがれた菊坂にはいまも彼女が居住した当時の町並が残存しているが、緑雨はその時期の一葉となんの交渉ももっていない。となれば、大円寺墓地の高島秋帆墓碑と同様、私にはさしあたり行ってみる必要のない土地であった。一つことをより深くさぐるためにはある種の情熱が要求されるが、反面では非情な冷酷さも欠かせない。どこかで、なにかを斬り捨てる必要がある。生沼晋吾にくらべればわずかながら年少にしろ、私も彼より先に生命を終っておかしくない人生の場所にいる。もはや、あれもこれもと慾張れる年齢でないことは明らかであった。

それから、私はそれよりもほんのすこし白山のほうへ小戻りした位置の反対側にある生沼の家に約束どおり立ち寄って三冊の自著に署名をすませてから、彼の蔵書の幾冊かを見せられたりしたために一時間ちかい時をすごしてしまった。

三月はじめは、日中がいかに暖かくてもやはり夕刻になると冷える。それに、風もすこし出はじめていた。

「風邪をおひきになるといけませんし、道もわかっておりますから、ほんとにもう結構です」靴をはきながら辞退したが、生沼はどうしても私を地下鉄駅まで送るといってきかなかった。

巣鴨からいえば白山駅より一つ先にあたる春日駅へ行くためには、いやでもふたたび一葉の碑の前を通らねばならない。が、生沼はその日私が彼と落ち合う以前に斎藤緑雨の展墓をしてきたことを十分承知していながら、最後までついに一度も緑雨の名を口にしなかった。ということには、斎藤緑雨という文人に対して彼にはまったく関心がないという原因もあったのだろうが、同時に彼ほどの読書家でも、一葉と緑雨とのあいだに交渉があったことを知らなかったためもあったのではなかろうか。『大つごもり』や『たけくらべ』や『にごりえ』や『十三夜』は読んでも、日記は読まないという一葉の読者がいても不思議はない。特に「小説好き」を自認する読者にとっては、そうした傾向のほうがむしろ一般的ですらあるだろう。まして緑雨は、すでに久しい以前から大部分の人びとの関心の外におかれている。耳で聞くか、もしくは第三者の引用などで「按ずるに筆は一本也、箸は二本也。衆寡敵せずと知るべし。」という彼の高名なアフォリズムだけを知っている「小説好き」は、しかし、『油地獄』や『かくれんぼ』というような作品を読んでいないというのが現実だろう。生沼も、そういう一人に相違なかった。

「どうぞ、お気をつけて」

春日駅のななめ向いにある横断歩道の手前のところで別れたとき、彼は律儀にそのまま立ちつくして私を見送っていたが、その場所からは死角へ入ったところに私は赤電話をみつけてダイヤルを廻した。五時にはすこし間があったので、本間頼子がまだ勤務先の出版社にいるだろうと考えたからであったが、その日は著者との打ち合わせのために午後から鎌倉へ出かけて、そのまま社へは戻らずに帰宅するということであった。

「どうも、失礼いたしました」

自分とは仕事の上でなんらの交渉もない社なので、特に丁寧に言って受話器を置くとコートの襟を立てて地下鉄駅の階段をくだったが、私は自分にも意外なほど落胆している自身に気がついた。そして、どうやらそれは、もとめた緑雨についての話し相手が得られなかったという、ただそれだけの理由からではないように思った。

2

A誌の片平恭造から、短篇小説としてはすこし長いものを書いてみないかという勧めを受けたのは、昨年の春もまだ浅かったころのことである。

ちょうど都内あるきの雑誌連載が終了したところであったが、それを一冊にまとめるためにはかなり大幅な加筆をせねばならなかったし、つづいて別の長いものを書きはじめたばかりでもあったので、私としては彼の勧めを受諾するにしても、すぐさま着手するというわけにはいかなかった。また、そのためには、かなり多くの作品や参考文献にも眼を通す必要があったから、しばらく準備の時をあたえてもらえるならという条件を附帯して斎藤緑雨の名を挙げた。そっとさし出したと言うほうが、より適切であったかもしれない。それが、先方にも、微妙に作用したためだろうか。

「緑雨……ですか」

結果からいえば思い過ごしだったようだが、その口調に、いわゆる乗り気は感じられなくて、むしろ不服のようにすら受取れた。

「今どき、時代錯誤かしらね」

私が言ったのは、それが実体のともなわぬ空想でしかなかったとしても、緑雨をいつかは書いてみたいと最初に思ったのが戦時中で、戦時中と現在には時代の大きな断層を感じていたからであった。

「そんなことは、絶対にありません」

片平は、むしろ憤然としたように、きっぱりと言い切った。そして、彼の大学の同級生にも、緑雨を卒論の対象にした者がいると言った。それが、本間頼子であった。

「へえ、女性なの。……緑雨は婦人論を書いて、新聞社を追放された人なのにねえ」

「僕もそのころちらっとですが、彼女からそんなことを聞いたおぼえがあります。そのときはなんとも思わなかったんですけど、仰言られてみれば、おかしくないこともありませんね」

「おかしくないこともないっていうのはいいな」

私がまぜ返すと、言った当人の片平も笑った。

頼子が自身とおなじ立場の雑誌編集者——特に文芸雑誌の編集者であったら、片平も彼女を私に紹介しようなどとは考えなかったに相違ない。名前すら、告げはしなかっただろう。頼子の勤務先である九段下のR社は歴史書専門の出版社であったし、片平にしてみれば時どきさぐりを入れてみても、私が一方の長いものに力を取られて、緑雨の仕事というより、それ以前の下調べにすら手を着けかねているありさまをみて、彼女と引き合わせれば、緑雨に関する話題のなかから、私がなにかしら作品のいとぐちを見いだすのではないかと期待したのであったろうと思われる。そして、そういう彼のねらいは、ある程度まで効を奏した。私も相手が誰であるにせよ緑雨について話し合う以上、自分もなにがしかの知識を吸収しておかねばならないという、いわば必要にさしせまられて、それまでなんとしても読み及べなかった参考文献のいくつかに眼を通すという結果が招来されたからである。

「……やっと、彼女を口説き落としましたよ」

どんなふうに私のことを話したのか、片平から報告があったとき、費用は私に負担させてもらうこと、そのばあい頼子の気持を考えて、彼女にはそれを言わぬことという片平との諒解のもとに三人が湯島の天ぷら屋の奥座敷で食事をともにすることになったのは、私の都内あるきの連載が出版されたのちのことであったから、完全にもう夏といってもいい季節に入っていた。

「先日は、ご署名を有難うございました」

片平といっしょにタクシでその店へ行くと頼子は先に来ていて、初対面の挨拶がすむと言った。

「いや、こちらこそお礼を言わなきゃなりません」

私が言ったのは、顔を合わせる以前に贈っておくとすれば、もう郵便では速達でも間に合わなくなっていたために、やむなく片平をわずらわして署名した自著をR社へ届けてもらうと、頼子はすでに書店でもとめて読了していたということだったからである。

「随分お歩きになりましたんですね」

このごろ上野方面へはまったく来ることがなかったので、今日は早めに社を出て、私の著書に挿入してある地図を見ながら切り通し坂をのぼって湯島天神へ立ち寄ってから、東大病院の脇を通って無縁坂から池之端を歩いてきたという彼女は、私がその仕事のために歩いた行程の長さにあらためて驚いたと言った。

「そりゃ僕だって、あの本にも正直に書いておいたように、連載の一回を一日で歩いたわけじゃありません。全部ではかなりの日数をかけているんですが、あそこに書いたかぎりの土地では一度もタクシを使いませんでした。暑い日と寒い日にはそれぞれの辛さを感じても、僕にとって歩くことはさほど苦にならないんです。ふだんは坐ったきりで達磨のような生活をしているのに、自分でもよく歩けると思うくらい平地なら平気なんですが、石段や山はもう駄目です。やっぱり、年でしょう」

「でも、あれだけお歩けになれれば……」

「もって瞑すべし、ですか」

「そういう仰言り方、こまります」

「いやあ、失言、失言」

そんな会話があっただけに、すぐさま打ちとけることができた。

一年浪人して大学へ入学したという片平が三十歳なのだから、現役で入学した頼子は二十九歳のはずなのに、瞳の大きい、どこかに少年めいたものを感じさせるところのある彼女は、とうていそんな年齢にはみえなかった。それでは何歳にみえるかと言われれば応えようがないのだが、淡褐色の地色に濃褐色の図案化された小さな花模様が無数にばらまかれている柄の半袖のワンピースは、どちらかといえばかなり地味なものであったのにもかかわらず、逆にその地味な服装が、彼女のひきしまった肉体の内部から匂い立つような若さを引き出しているといった趣きがあった。

「なぜ卒論に、緑雨なんてなかば忘れられたような文学者をえらんだのか、そのへんから聞かせてください」

彼女がビールの最初の一杯をのみ干したところで切り出すと、

「動機っていうより結果なんですけど、二冊の本との出会いが選択にむすびついたと思うんです」

予期した質問であったとみえて即答した頼子は、しかし、そこでちょっと間を置いてから、

「わたくしの家には文学的雰囲気なんていうものはまったくなくて、一人娘のわたくしが大学へ入るまでは小さな本箱が一つあったきりなんです。その中に、初版本ではありませんけど、博文館から出版された、あの一冊本の『縮刷＝緑雨全集』があったんです」

「あの本には『油地獄』とか『かくれんぼ』のような代表作は入っていませんが、その分だけエッセイのほうが充実していて、今となってはなかなか蒐めにくいものが収録されていますから、貴重な一冊ですよね。しかし、いわゆる円本が出現する直前の廉価版ですから、初版にこだわる必要はありません。河盛好蔵さんの『回想の本棚』っていう本があるでしょう」

「存じません」

「そうですか。二、三年前に新潮社から出たもので、その中に『緑雨のアフォリズム』っていう章がありましてね。河盛さんがお持ちになっている『縮刷＝緑雨全集』は第八版だと書かれているんですけれど、僕んところにあるのもおなじ八版なんです。大正十一年四月の初版で、十三年の九月には八版が出ているんですから売れた本なんですね」

「ということは、緑雨の読者も関東大震災前後まではそれだけいたってことを物語っているん

でしょうか」

「はっきり、そう言えると思いますね。大正デモクラシーとかなんとか言っても、例の『白樺』の人たちがロダン、セザンヌ、ゴッホからムンクにまで至る西欧美術を紹介するいっぽう娘義太夫や落語にもひかれていたように、震災前後までは江戸の尾をひいた明治の残照といったものが日本人の生活感情に色濃くしみついていたのに、大正の末から昭和の初年にかけてはマルキシズムとアメリカニズムがとうとうと流れこんできたために時代が急速に変化しています。映画が歌舞伎にとってかわる。女給が芸者の人気をうばう。ジャズが三味線にうちかつ。そのへんの事情が、緑雨と読者とのあいだに断層をつくったいちばん大きな原因じゃないでしょうかね」

「そうしますと、『縮刷＝緑雨全集』は、緑雨の打ち揚げた最後の花火ということになるんでしょうか」

「そう言っていい、と思います」

「それと、もう一冊は昭和三十九年の十一月でしたか、九州文学社から出た橋爪政成という方の……」

「あれは、『斎藤緑雨伝』ですね」

「ほんとの偶然なんですが、大学の二年のとき神田の古本屋を歩いていてなんとなしに買ったことが、緑雨に関心をもったきっかけなんです」

「すげえなあ。……俺なんか、卒論はいやでいやで四年になってから仕方なしに手をつけたのに、ヨリは二年の時から準備をはじめたのか」

片平は彼女を学生時代にヨリとよんでいたらしく、そこではじめて口をはさんだ。

「半畳を入れちゃいけないな」

「そうですよねえ。……あたしは、なんの気もなしに買ったって言ったじゃないの。卒論は、結果よ」

頼子は私の言葉に力を得て、片平に言い返した。私にむかっては自身を「わたくし」と言っていた彼女は、片平に対しては「あたし」と使い分けした。

「廉価版ていっても『縮刷＝緑雨全集』や『縮刷＝独歩全集』は布装函入りのある程度まで立派な本で、特に緑雨のほうには、彼の少年時代からの友人だった上田萬年の追悼演説の筆記だとことわられていますけれど、そこだけ緑色のインクで印刷した序文が載っていて、あれがまた一種の伝記なんですよね」

「わたくしの卒論もほぼああいうものだったんですが、伝記を中心に据えれば緑雨自身の『日用帳』を最も重視すべきで、橋爪さんの『斎藤緑雨伝』もまとまったものとしては重要に違いないんですけど、率直にいって、わたくしにはなんですか物足りませんでした。ですから、学生時代のこわいもの知らずと言いますか、まったく生意気千万にも、あれをもうすこし充実させてみたいっていうような気になったのが、私の論文書きの直接の動機だったように思います。

逆にいえば、あれがもっと充実していたら、別のテーマをえらんでいたに違いありません」

「その点、僕もまったく同感です。橋爪さんが緑雨にはまとまった伝記も研究らしいものもないと書いておられて、それをご自身で最初に為し遂げたというか、形にして遺した功績には忘れられないものがあります。僕もそれはみとめますが、あの人の特異な立場——春江さんていう母親から聞いてあの人しか知らない筈のことが、まったくと言っていいほど何ひとつ書かれていないもんだから、本間さんの言う物足らなさを感じさせられちゃうんですよね」

「ですから、わたくしはゼミの教授の指導を受けながら、古本を手に入れたり、学校の図書館などでも見られるかぎりのものには眼を通しました。……馬場孤蝶の『明治文壇の人々』、内田魯庵の『おもひ出す人々』、田山花袋の『近代の小説』、後藤宙外の『明治文壇回顧録』といった回想記類のほか、橋爪さんは特に幸徳秋水夫人の師岡千代子さんが昭和十二年四月号の『文藝春秋』に載せた『斎藤緑雨の思ひ出』をよほど気に入ったらしくて何カ所も引用しておられますから、それも読みましたし、明治四十年の十月に出版されている『緑雨遺稿』なども読んでみたわけです」

「僕は友人に借りたんですが、今の文庫版とおなじ大きさでハードカバーの『緑雨遺稿』には、妹の娘ですか、姪の動静を書いた『デコさんの記』なんかがおさめられていて、形の上からもいっけん可愛らしい感じのする本なのに、実質的にはたいへん悲劇的な、いよいよ死期がさしせまってきた時点での、ただただ食わんがために生きつなぐ手段として幸徳秋水の『平民新聞』

に書いた『もゝはがき』が載っているんですね。……そのほかにも、あなたはいろいろな文学全集なんかもごらんになったと思いますけれど、橋爪さんは和田芳恵さんが何冊か同題名で出している中の、あれは新潮社から出た『一時間文庫』の分でしょうか、『樋口一葉』に書かれている緑雨への見解に大憤慨していますし、読まずに憤慨するはずはないんですから読んだことは確実ですが、魯庵の『おもひ出す人々』となるとどうでしょうか。『大いに参考になった』といっている数冊のなかに挙げておきながら、そんなことはないと思いますけれど、結果からいうと実際には読んでなかったんじゃないかと疑いたくなるほど、内容にはただの一字も触れていませんですね」

「わたくしが物足らないと申しましたのも、さきほどの春江さんというお母さんのお話しが活かされていないというご指摘と、いま仰言った点に対する不満なんです。……緑雨は一葉のところへ行ってもそうだったらしいことが彼女の日記に書かれておりますけど、どこへ行っても長居をしたらしいんですね。魯庵の下宿へも斎藤の斎の字を篆書崩しにした文字の入ったお抱え車で乗りつけて、朝の九時ごろから夕方近くまで話して帰ったということで、そのあいだもずっと車夫を待たせておいたことに対して、魯庵は生活が苦しいのに馬鹿げた見栄を張るものだという意味のことを書いておりますでしょう。……しかも来るたびに下宿の客膳を食べておきながら、鳥は浜町の簗紫にかぎるとか、天ぷらは横山町の丸新でなくちゃなんて言うんで、魯庵が近所の安西洋料理屋へ連れ出して、通人はうまいものだけじゃなくて、まずいものもわからないようでは駄目だと言うと……」

「だから、君の下宿のまずい飯も食ってるじゃないかと言ってのけるんですね」

「孤蝶の書いている緑雨のいい面、やさしい面があったことも事実だと思いますけど、魯庵の書いているようなところにこそ、緑雨の人間的な面が端的に出ているんじゃないでしょうか。それだけに『おもひ出す人々』が紹介されていないことには、わたくし非常に不満だったんです」

「まったく無視して参考書目にも挙げていないんなら別ですが、挙げておきながら素通りしているのは、どうみてもおかしいですよ。もともと緑雨は人いちばい苛烈な皮肉や毒舌をふるっていたために同時代者の反感を買ったり、敵も多かったはずで、橋爪さんにはそういう悪評を払拭したいというイメイジチェンジの意図がありますから、それもある程度やむを得ないんですが、度が過ぎているという印象を僕なんかは受けます。馬場孤蝶は文章を通じてみるかぎり、円満なというか、穏健な人ですから緑雨に好意を持ちつづけて、実生活の上でも最後まで実によく尽しています。臨終に立ち会おうとしたり、緑雨の遺言を忠実に果したり、身をもって友情を示した点、彼の右に出る者はありません。そんな孤蝶にくらべればという比較上の話でしかないんですが、魯庵はやや批判的で痛いところを衝いている面も多少はありますから、橋爪さんにはそこが気に入らなかったか、すこし困ったかなんじゃないでしょうか。魯庵の記述内容には、まるきりそっぽを向いちゃってるんですよね」

「そりゃ、なんといっても橋爪さんは緑雨のお身内ですから」

「……身内って、どういう関係なんですか」

片平が、今度は私にむかってたずねた。

「それが、ちょっと複雑なんでね」

謙堂と号して医を業としたかたわら和歌や俳句をたしなんだ緑雨の父利光は、賢木神光の三男として伊勢の津に生まれている。利光が妻にむかえた滝沢のぶは江戸京橋の生まれで、橋爪政成によれば「板倉侯の祐筆をつとめた人の娘」だとのことだが、彼の著書より三年後に出版された講談社版「日本現代文学全集」第八巻に附載されている中村完が作製した年譜には「津藩主藤堂家奥方付きの祐筆であった滝沢のぶ」という記述があるし、のぶは能筆だったらしく、緑雨は臨終のとき母の遺墨を張り混ぜにした屏風を枕許に立てていたというから、彼女自身が祐筆だったということも充分考えられる。そして、二人は神戸藩主本多家の典医斎藤俊道の夫婦養子となった。緑雨の斎藤姓はそういう両親の養家のもので、後年の緑雨＝斎藤賢は慶応三年十二月三十一日（旧暦には「三十一日」がないので、この日付は正確を欠く）、現在では三重県鈴鹿市南新町となっている伊勢神戸新町七十五番屋敷に長男として生まれた。尾崎紅葉、夏目漱石と同年である。

昭和三十九年六月二十九日に歿した橋爪政成の遺著として、同年十一月彼が所属していた同人雑誌の発行所である九州文学社から出版された『斎藤緑雨伝』の巻頭には、緑雨の生家の写真が掲載されている。が、七十五番屋敷の「屋敷」という文字からいわゆる邸宅を想像すると、大変な見当ちがいとなる。写真によると、奥行は不明ながら間口はせいぜい四間（七メートル強）か、あるいは三間半しかなかったようにも見えて、そのうちの右手の二間分は櫺子窓に蔽われているという構えの平屋で門もなにもなしに直接道路に面して建てられている、きわめてありふれた町家でしかない。そして、明治三年には四歳のとき東京浅草の向柳原で染物型屋をいとなんでいた中村太蔵の養女となった妹の従、同六年には二男譲、十年には三男の謙が生まれているが、兄弟の母のぶは利光と結婚する以前にもう一人つまという娘を産んでいる。そのつまは、のちに神戸近郊の玉垣村にあった真言宗仲福寺の住職服部覚秀に嫁して春江を産んだが、橋爪政成はその春江の長男だから緑雨にとっては異父姉の孫ということになるわけで、そういう立場にあった彼が自著に「緑雨には四人きょうだいがあって、姉のつま――これは実のところ異父姉なのだが」とか「私の祖母つまは彼の異父姉ということで、この方の父親が誰であったかは聞き洩している」などと涼しい顔で記しているのはいい気なものだとしか言いようがない。限りある資料によるよりほかはない研究者の考証なら、それもある程度まで致し方ないが、橋爪の「祖母つま」の「父親」は緑雨の母に最初の子供をみごもらせた男なのだから、身内――特に緑雨の伝記が執筆できる者は今のところ「自分を措いて他にない」とまで誇らしげに自負している筆者としては無責任に過ぎるだろう。「幼いころから彼の側近にいて、その生涯の大半を見聞し、その最期にも接している」母の春江が歿したのちのことだから、探尋の糸が断たれていたことはわかる。が、原因はどうあれ、兎にも角にも知るためになんの努力もしていない。そういう姿勢は、やはり伝記作者として怠慢のそしりをまぬがれない。

「ですから、今となっては僕らが自分なりの力なり方法で突き止めるほかはないんで、これはあくまで僕の推理というより臆測でしかないんですが、のぶの父か、のぶ自身が藤堂家か藤堂家奥方付きの祐筆で、殿様のお手がついたというようなことじゃなかったかと思うんです。そのために賢木家の三男坊でうだつのあがらなかった緑雨の父利光は、傷ものの子持ち女のぶを嫁に押しつけられた代償として——というのは、のちに上京して藤堂家の隠居のお抱え医師になっているからなんですが、そのへんの事情の隠蔽策として神戸藩本多家の典医斎藤俊道のところへ夫婦養子として入ったか、入らされたかしたんじゃないでしょうか。……本間さんは歴史書の出版社へつとめて、そういう分野の学問をしている人と接触しているわけですから、小説書きのこんな非科学的な臆説には呆れるばかりでしょうけれど……」

「そんなこと、ございません。歴史学者も傍証なり実証がないときには魅力的という表現をしますが、いまのお考えも魅力的なんじゃないでしょうか。……橋爪さんは、緑雨の死の前々日にあたる四月十一日にお父さんの橋爪源之丞という人が日露戦争に出征して戦死なさったので、母親の実家にあたる神戸の仲福寺へ戻りますが、実質的には母の一人息子として育っていますね。ですから、両親健在の子供以上にいろいろなことをお母さんの春江さんから聞いているはずだと思うんですが、母の祖母の連れ合いか、あるいは間違いをおこした相手については聞き洩しているというんですから、それは母親の春江という人が話さなかったからに違いないんで、話さなかったということから考えても滝沢のぶの場合は正常な結婚ではなかったんだと思います。……二十歳そこそこの女子学生だったわたくしとしてはそのへんまで考えたのが精いっぱいで、いま仰言られてみれば師岡千代子さんの回想記に、緑雨が某大名の落胤だったという話を夫の幸徳秋水から一度ならず聞かされたということが書かれてあって、それをまったく考えられないことだと全面的に否定している橋爪さんが、もし落胤うんぬんの風説があったとすれば、それはむしろ自分の祖母——つまり滝沢のぶの娘にあたるつまのほうにこそあるべきだったと書いておられるんですね」

「うっかり筆がすべったにしても、緑雨落胤説を否定するだけですむ場合に、祖母つまの名を持ち出しているのは、事実無根とすれば常軌を逸しているわけで、僕の想像も、そこからの逆推理です」

「いい線いってるじゃないですか」

書かせる立場の片平は我が意を得たというように笑みを浮かべたが、私にしてみればこれは雑談の上だからこそ言えることで、文章には到底できないという思いがあった。

「あなたがさっき仰言ったとおり、橋爪さんは師岡千代子さんの『斎藤緑雨の思ひ出』をよほど気に入っていた様子ですけれど、緑雨の下の弟でのちに小山田家へ養子に入って軍医になった謙っていう人ですね、あの人がおなじ『文藝春秋』に書いた『弟の記憶に残つた斎藤緑雨の半面』についてはまったく触れていないでしょう」

「存じません、わたくしもそれは……」

「師岡さんの文章よりもっと早い昭和四年の十月号なんです。……橋爪さんは明治三十六年の十月生まれで緑雨が死んだときには現在でいう零歳児だったわけですけれど、自分が十一の年って書いていますから大正二年でしょうか、満だと明治四十五年のことかもしれませんが、彼には祖母にあたるつまが死んで、そのとき橋爪さんがいた仲福寺へ東京から緑雨と同様に彼女には異父弟にあたる小山田謙が弔問にきて、当時のことですから一、二泊したのかもしれません。下痢のときの食事の注意とか、稲妻と雷鳴との時間的間隔について話してくれたというような思い出をなつかしげに書いているのにもかかわらず、当のその人が書きのこした文章はただの一字も紹介していないいんですから、橋爪さんはそういうものがあったことを知らなかったんだとみて間違いないでしょう。……ところが、簡略すぎる弱点はあっても、これが伝記資料としてはなかなか重要な参考文献なんです。その小山田さんが『緑雨兄弟は正しく貧乏人の伜であった』と書いているように、緑雨が少年時代から一生貧乏し通したことは否定すべくもありません。特に彼の場合は最期が病身だったということもあって悲惨をきわめているんですが、正宗白鳥も中央公論社から出た『文壇人物評論』の巻頭にあったと思うんですが、『明治文壇総評』のなかで、緑雨でも一葉でも独歩でも明治の文学者は大抵貧乏で、あの時代に原稿料で生活しようと企てるのが間違いだったといっているように、軍医総監だった森鷗外や、朝日新聞社員として高給を得ていた上に著書が売れて二割の印税を受取っていたといわれる夏目漱石のようなきわめて少数のエリートをのぞいては、一代の人気作家だった尾崎紅葉ですらひとたび病床につけばたちまち療養費に窮する始末だったんですね。他は赤貧洗うがごとしといった状態が一般的で、島崎藤村も『破戒』を書いていたときには三人の娘が次つぎに死んで、夫人は夜盲症になっちまったんでしょう。石川啄木なんかその典型の一人だったわけですし、新聞社づとめをしていたときには違いないんですが、僕らからみてどうにも不思議でならないのは、啄木が釧路にいたころ芸者買いをして例の小奴っていう馴染みまでつくってるんですね。『小奴といひし女の　やはらかき　耳朶なども忘れがたかり』とか『死にたくはないかと言へばこれ見よと　咽喉（のんど）の痍を見せし女かな』とか、幾つかの歌をみると一度だけよんだ芸者じゃありませんよね。それが、緑雨に至っては柳橋とか新橋なんていう東京でも一流中の一流地で遊んでいて、彼の文学だけではなく世情百般に及ぶアフォリズムの大多数とか、『油地獄』や『かくれんぼ』のような代表作はそういう体験のなかから生まれているんですが、小山田さんの文章には自分も引き合わされて知っている、そういう土地の緑雨の馴染み芸者の名前がはっきり書かれていますし、そんな遊興のための借金で税務署に差押えをくったときの緑雨の態度なんかが記されていて、かなり具体的なんです」

「……そうでしょうね、弟さんがお書きになったものでしたら」

「が、まあ、それもいわば梅雨の晴れ間みたいなもんで、あとはやっぱり貧乏の連続ですね」

緑雨が一家とともに郷里の伊勢から上京したのは明治九年、彼が十歳の年だが、父の利光にはどういう成算があったのか、最初は本所千歳町の弁天様の境内に浪人していて、おなじ本所区内の緑町一丁目にあった本所避病院の留守番医という職にありついたのが翌々年にあたる明治十一年のことであったというから、あるいはなにか郷里にいられなくなった事情でもあったのではなかろうか。そして、藤堂高潔伯のお抱え医師になって緑町三丁目にあった藤堂邸内の長屋に住むようになったのはさらに二、三年後であったらしく、緑雨と上田萬年との交友がはじまったのもその前後のことで、彼らは「花鳥の友」とか「浮世の義理」というような、いかにも明治初年の文学少年らしい題号の廻覧雑誌を発行している。

> 緑町に住へる若殿原の打寄りて、晩翠会といふを組織したるに、われも加はりしは十五か六の常磐堅磐（ときはかきは）、末長き望みの今ほどに容易く（たやすく）凋まん（しぼまん）とも思はざりし折の事なり。輪講に倦き（あき）、討論に倦き、作詩作文の課題宿題に倦きたる果は、紙二つ切、四つ切の雑誌様のものを自ら書き、自ら綴ぢ、自ら配りて相互ひに交換するなどの戯れ（たはぶれ）に耽りたりしが、これぞ後々、身に廻る毒とも知らでわれの呑みし初めなりける。
>
> 上田氏は柳桜、われは可笑と号さへも幼かりけるよ。猶さま〴〵に称しかへて、倶に（ともに）時の新聞紙に投書したるに、三度に一度は登載せられしより、これ見よがしの家桜はな蠢かし（うごめかし）て読返したる事もありたり。

どちらも『日用帳』の一節だが、『縮刷＝緑雨全集』におさめられている上田萬年の序文——追悼演説の筆記をみると、緑雨の父利光は「其旧藩主藤堂家の老侯——本所緑町三丁目に居を構へし藤堂家の隠居の侍医にして医を業とせしも、受診を乞ふ者は多からざりき。されば彼れの家庭は富裕のものにあらず」と記されている。いわゆる中産とよばれる程度の暮しぶりであったらこうした述べ方はされなかったはずだから、それ以下であったことは明白である。にもかかわらず、私などが少年であった関東大震災以前の東京では、苦しい家計の一部をさいて娘に遊芸をならわせ、主人は朝顔の栽培や小鳥の飼育にかまけていたような家庭がすくなくなかった。よく言えば、それだけ深く風流の精神が庶民の生活に浸透していたのだが、利光も藤堂家出入りの其角堂永機に俳句をまなんで、緑雨にもその教えを受けさせた。それに対して、緑雨自身は次のように言っている。

夕立や、田をみめぐりの其角堂に永機翁の在りける時、父の入懇（じゆこん）なりければ遊びに来よと言はるゝまゝ、われも音づれたり。よみ試みたまへとて、かの故人五百題を与へられしも、一句をも得作らざりき。さる頃人に強ひられて、覚束なくも呼子鳥、初めて口真似をなしたるが、俳とは薄元手（うすもとで）の小商ひ也、融通を利（き）かす也と例の理のみ走りて、百はおろか、五十にも満たで止みたり。いつの年なりしか、「拾銭は弐銭銅貨を五枚かな」、這様（このやう）なるがわが性（しやう）には適応(にあへ)るなるべし。

が、其角堂永機に知己を得たことは、結果からいえば、それが緑雨の生涯を左右する事態に立ち至らしめた。その前に、もういちど上田萬年の追悼演説筆記をみておくことにしよう。そこでは緑雨上京の年度が一年相違しているが、そのままにしておく。

今彼れが学校時代のことを考ふるに、之れ亦不安の境遇をば免れず。何れの学校に於ても卒業まで在学せしことなし。明治十年彼れが故郷伊勢の津より双親と共に上京し、始めて本所弥勒寺橋畔にありし、土浦藩主土屋侯が設立したる土屋学校に入り、東洋小学に転じ、暫くして籍を回向院裏の江東小学に移し、其卒業を待たずして退き、後一ツ橋外の東京府第一中学に入り、続きて内幸町府庁構内にありし第二中学に転じ、また中途より退学し、後其頃本所にありし明治義塾に入りしも、半年を出でずして之を去り、岸本辰雄、磯部四郎等の設立したる現今の明治大学の前身たる明治法律学校に於て法律学を学びたるも、之れ亦業成らずして廃学したり。其外無名の私塾等に於て漢学等を学びしこともあるも、彼れは素養を積むべき青年時代に於て、学校教育は如此く(かくのごと)不完全に終り、何処に於ても完結したるものなかりき。

こうした学歴とどの程度のかかわりがあったのか、恐らく無関係ではなかったと思われるが、其角堂永機の紹介で彼が仮名垣魯文の門に入ったのは明治十七年、十八歳のときのことである。魯文は緑雨が受けた影響の角度からいえば、いわゆる開化期文学の代表作である『西洋道中膝栗毛』や『安愚楽鍋』の作者であったというよりも、江戸時代生き残りの最後の戯作者というべき存在であった。「仮名垣派より出でたりとて、曩に或人のわれを太く貶しめしが、われはこの点に就て争はじ、妨げじ。若然らば仮名垣派の多くは亡びたるに、われひとり存れるをせめては恃まんのみ」というのも『日用帳』の一節だが、ここにわれわれは彼の軒昂たる意気とともに魯文からの影響の自己確認をみる。すくなくとも、緑雨はそれを否定していない。

入門のときの彼の十八歳は数えで、生れ月が十二月だから満では十六歳である。そんな彼が可笑亭真猿という師匠ゆずりの戯作者風な筆名で書いた『初夏述懐』が魯文の紹介で守田宝丹の経営する清涼剤宝丹の製造元から発行されていた「芳譚雑誌」に掲載されたのは同年六月のことで、九月には「今日新聞」に主筆としてむかえられた魯文にしたがって彼も入社した。そういうことも明治時代には珍らしくなかったようで、永井荷風も師の福地桜痴が「日出国新聞」の主筆にまねかれたのにしたがって入社している。ただ荷風の場合、新聞社づとめはそれが唯一の体験であったのに対して、緑雨は長くもなかった後半生を通じて、いわゆる席の温まる暇もないほど多くの社を転々として移り歩いた新聞記者生活のそれが第一歩だったわけで、しかも彼はその機会に通人としての素地をつちかわれるようなもう一人の人物との接触をもつことになる。その意味で、明治十七年は彼の生涯をほぼ決定づけた最も記念すべき年度であったといわねばならない。

こんにちのことばでいえば校正もしくは校閲部に該当する校合方として採用された緑雨は、その新聞の特設欄であった縁日案内を受持ったあと、文才を買われて心中事件や芸者評判記などを書くようになったが、そのいとぐちは日本における郵便の父といわれる前島密の案になる「郵便報知新聞」の経営陣を去って「今日新聞」を創刊した社長の小西義敬に彼が鍾愛されて、吉原や柳橋へしばしば随行したことによってひらかれている。

> はんけち様といへる宛名の手紙を、われは屢々請取りしことあり、廿歳ばかりなるころ、寸時もわれの手巾を放さゞりしため、かゝる綽号を負はさるゝに至りしなり。後に其癖の止みたれど、われの江湖新聞に入れる時、坪内君（逍遙）黒岩君（涙香）よりおくられし文の内には、この事見えたり。

『ひかへ帳』の一節だが、この習癖は十代の身で通人の小西義敬にともなわれて吉原といっても恐らくは引手茶屋や柳橋へ出入りしたころ、芸者たちに盃を持たされてもまだ酒が飲めなかったため、恥かしさをかくす必要から生じたもののようである。それが次つぎと新聞社を移って、原稿料も入るようになるうちに身銭を切って遊興をかさねた結果、明治二十四年には狭斜の巷に固有な世態や人情に精通しきった花柳小説の『油地獄』や『かくれんぼ』のような作品を執筆するに至る。アフォリズムにしても、まさしく通人としての自負にみちている。

おかみと呼ぶは待合の女将よりはじまりて、出所ある事なり。今の小説家のそれとも知らず堅気の内儀（ないぎ）は勿論、下宿屋の女房にまでこれを用ふるは、不穿鑿（ふせんさく）も亦太甚（はなはだ）しからずや。

明治三十年の「太陽」に連載された『おぼえ帳』の一節だが、『油地獄』は長野県出身の初心な青年目賀田貞之進が県人会の宴会で知った柳橋の芸者梅乃家の小歌に心をうばわれてかよいつづけるうちに、女が金持ちに落籍されたのをうらんで、下宿の部屋で火鉢にかけた鍋で油を煮つめて女の写真を焼くというものである。また、『かくれんぼ』は愛などという精神の問題を一切ぬきにした色と恋との輪舞といったおもむきの作品で、良家に生まれた山村俊夫は芸者小春を好きになるが、お夏から小春には男があると告げられてお夏と関係すると、それを知って怒った小春とも通じたあと、年長の冬吉という芸者の情夫になって同棲中、その家の抱え芸者小露にも手を出す。そして、それが露見して冬吉の家を出ると、雪江という芸者が彼に恋慕して姉芸者のお霜に仲立ちをたのんだのに乗じて二人と肉体交渉をもったあと冬吉とよりを戻すといったもので、両作とも豊富な遊興体験がなければ執筆不能であることは作品自体からも看取されるが、小山田謙の回想記はその間の事情を明らかにしている。

兄緑雨の遊んだところは柳橋が一番であつた。遊びのお師匠さんは今日新聞の社長の小西さんであつた。兄と関係のあつた芸妓は幾人もあつたらしいが、僕の知つて居るのは福島屋の徳松さん、それから小徳さんだ。徳松さんは後に千駄木町に邸を構へてゐた大〇といふ華族さんの嬖妾(へいせふ)となつた。此女性は兄と同年位で月に二三度藤堂の邸へ駒吉、お美代さんなどといふ妓達と一緒に聘ばれて来た。僕は其家へ遊びにいつたり芝居へ連れられていつたりした。小徳さんは兄の遊んで居る最中に代地へ寿賀野といふ待合を出した妓で、兄よりも年上であつた。此寿賀野の奥座敷で兄は小説を書いたりしてゐて、僕も川開きや何かに二三度聘ばれた。「かくれんぼ」に出てゐる女性は数人の内二人は確に此妓達がモデルになつて居る。柳橋の外兄は新橋などでも遊んだ。新橋では吉田屋の山登さん、これは猫遊軒伯知さんの妹で僕は憲法発布の日兄に連れられて此妓の手古舞に出るところを見にいつた。吉原ではおちやう婆さんなどの取巻で引手茶屋の桐半や西の宮で大尽遊びをしたもので、お蔭で僕も夜桜や花魁の道中を見せてもらつた。いづれにしても金を振撒いて派手を尽したものらしい。其第一の産物が「かくれんぼ」で兄はこれに随分力を入れて書いたらしいが、これが受けないで「油地獄」が受けたのは盲千人の世の中だと兄も慨嘆して居たが、兄のやうな遊び方をした者でなければ「かくれんぼ」の真の味は判らぬのだらうと思ふ。

この『かくれんぼ』観は緑雨自身も忿懣をのべていて、かならずしも小山田謙の意見ではないわけだが、作品の「真の味」が緑雨のような遊び方をした者にしかわからぬようなものであったということは、いかに彼が独善的な通人ぶりを振り廻していたかという証拠でもある。私などが緑雨のアフォリズムにみられる毒舌や機知にある種の爽快さをおぼえるいっぽう、鼻もちがならぬと感じることがあるのも、彼のそうした一面のためである。

「……憲法発布は明治二十二年の二月十一日で、緑雨が二十三の年ですが、そのときにはもう弟に新橋の馴染み芸者の手古舞をみせているほどですし、柳橋の芸者に至っては本所の彼の家へ遊びに来るほど親しんでいたんですから、ずいぶん若い時分から、それもかなり豪勢な遊び方をしているわけですよね。小山田さんは『撫子の家紋』と書いているし、内田魯庵は『篆書崩しの斎の字』といっていて、そこにわずかなズレがあるわけですけれど、いずれにしろ緑雨がどこへ行くにも定紋入りの人力車で乗りつけて何時間でも待たせておいたことについては、あなたもさっき仰言っていたように、魯庵も『馬鹿げた虚飾(みえ)を張る』ものだと書いているわけですが、小山田さんの書いたものをみますと、遊蕩のためにはずいぶん借金もしたようなんです。……時どき母に質屋へ行かせたり、高利貸の手にかかったりしていたっていうんですが、緑雨が二十三から二十五、六までのころだとすると、十歳年少の小山田さんは小学生の終りか中学の初年級だったんでしょう、学校から帰宅すると門口に人力車が三台とまっていて、茶の間では母が泣いていたんでわけをきくと執達吏が来ていたんですね。緑雨はあとで差押えの紙をはがしながら母親と弟をなだめてすぐ金策に出かけたというんですが、そのときの兄の執達吏に対する言動がいかにも強く大胆だったたので、小山田さんは安心していたと書いています。それには、緑雨が新聞記者だったという社会的条件といいますか、そういうものがあったからだとも思いますけれど、そのころの緑雨の借金は万を越す額で、そんな借金をする度胸と、借金ができる信用度に感服したと小山田さんが書いているのはどうでしょうか。それより十年ぐらいあとになる明治三十年代に、人気の絶頂にあった尾崎紅葉が読売新聞社から受取っていた月給が二百円ですから、緑雨の万ていう借金はちょっと信じられませんよね。一桁ちがうっていう気がするんですが」

「片平さんなんかもそうだと思いますけど、そういう金銭感覚になると、わたくしたち戦後派にはまったくピンと来ないんです」

「そうなの」

私が片平の顔を見ると、ちょうどビールのコップを口に当てていた彼も大きくうなずいた。

「でも、そういうお話をうかがいますと、緑雨という人には、豪放とは言えないまでも、あんがい磊落な一面があったんだなと驚かされて、わたくしなんかが今までいだいていたパセティックな人間像とは別人のような気がします」

「いや、別人なんてことはありませんよ。啄木にしろ、藤村にしろ、独歩でも一葉でも、彼等の生き方はみんな危い綱渡りをしていたようなもんで、緑雨の場合でいえば、それがさっき僕の言った梅雨の晴れ間でしかありませんから、彼の全体像はなんといっても悲劇の主人公ですよ。……例の自分自身で書いた『本日を以て目出度死去仕候』っていう、あの有名な死亡広告でもはっきりしているように、緑雨は江戸戯作者の伝統を、それも非常に意識的に継承した最後の一人ですから、この世を茶にしていたようなところもあるんで、僕は彼が深淵をのぞいたとか、そんなことを言う気にはまったくなりませんが、淋しい晩年だったことも事実で、終りにちかいころには病気療養のためだったにしろ都落ちもしますしね」

「ええ、小田原に住んでいるんですね」

「そのころのことを、馬場孤蝶が書いているでしょう。緑雨は訪ねてきた孤蝶に、山や海じゃ自分には仕様がない、窓の外を『てなこと仰言いましたかね』っていうような唄を歌いながら通っていく人がいるような東京へ早く帰りたいって言っているんですから、彼は根っからの町っ子で、都落ちの思いは他の人の場合よりいっそう身にしみていたと思うんです。『緑雨遺稿』に入っている妹の中村お従さんに小田原から出したハガキでも、帰りたいは山々さ、しかし羽のない鳥は飛べないではないかなんて、貧窮の状態を訴えていて哀れですよね」

「今の小田原とでは、東京との距離感も違ったでしょうし……」

「それから帰京して二度ばかり引越しをしたあと本所の横網で息を引き取るわけなんで、今ごろこんなことを言うと片平君に怒られちゃうかもしれないんですが、僕にはまだ緑雨をどこから書き出せばいいのか見当がつかないために、いちど横網あたりを歩いてみようかなとも考えているんです」

私が言うと、それまでずっと受け応えをつづけていた頼子がにわかに表情をかたくして口をつぐんだ。そして、私が手に持った煙草を唇へ持っていかずにその顔をみつめていると、やっと言った。

「松本清張さんの『正太夫の舌』は、お読みになっていらっしゃらないんでしょうか」

「いません」

彼女は推理小説にはあまり興味がないが、歴史書の出版社につとめている関係上、松本清張の『昭和史発掘』や古代史関係のものにはかねてから注意をひかれて一種のファンになっていた。そのため、いわば馴染みのある著者というだけのふとした出来心で、ろくに目次すらみずに『文豪』という書物を長篇小説だろうと勝手にきめこんで買った。ところが、たまたまその一冊のなかに坪内逍遙のことが書かれている『行者神髄』のほか、尾崎紅葉と泉鏡花のことを書いた『葉花星宿』と「斎藤緑雨伝ノート」と傍題のある『正太夫の舌』が載っていて、小説的な構図は捨て去ったようなスタイルのその作品が、明治三十六年版の『本所区全図』と現在の『墨田区詳細図』という二種類の地図を持って緑雨の終焉の地である本所横網の実地踏査をするところから書き出されているというのであった。

「たしか、文藝春秋から出た本ですよね。逍遙のことを書いた『行者神髄』は、あれに載っているんですか。僕は本の題名も知っていたし、平野謙さんが『行者神髄』について書いたエッセイも読んだ記憶があるんですが、『正太夫の舌』っていうのがあることを知らなかったのは迂闊だったなあ」

「僕もそれは知っていましたけれど、当然ご存知だと思って言わなかったんです」

片平も脇から言った。

「そうなの。そいじゃ、知らぬは亭主ばかりなりだったわけね」

そこで、はじめて笑い声がおこった。

「……しかも、明治三十六年版の『本所区全図』っていうのは博益社っていうところから出版されたはずで、僕のは復刻版ですけれど、松本さんとおなじものを持っているんですからますます皮肉ですよね。……そうですか。本間さんから今日それをうかがえて、ほんとによかった。知らないまま書いたら、とんだ恥をかくところでした」

「今度お目にかかるときには、『文豪』をお持ちします」

その瞬間までまったく予期していなかった言葉が彼女の口からなんのこだわりもなく出たので、私は思わず「えっ」と声を出しそうになったのを辛うじておさえて、

「じゃ、僕のほうはそれまでに小山田さんの文章を複写しておいてお持ちします」

片平と視線が合わないようにして言った。

3

現在では墨田区になっている本所横網の地理的探索から書きはじめようと考えたのは、もともとほんの一案でしかなかった。かならずしもそれに固執していたわけではなかったから、いわゆるショックを受けるというようなことはなかったが、きわめて漠然としたかたちにしろ、そこを出発点として構想を練りはじめていたことも事実であっただけに、書けそうだなという期待のようなものが音もなく緩慢に崩れていくのを見ているような思いがしないこともなかった。

発行所は文藝春秋だし、松本清張というような作家の著書なら容易に入手できるはずであったのに、私がそれを借りるという名目でR社に電話をかけて本間頼子を呼び出したのは二百二十日も過ぎて、もう台風のおそれもなくなった九月中旬のことであった。

「お久しぶりでございます」

R社は地下鉄東西線の沿線にあるために、日本橋で銀座線に乗り換えればいいのだからと考えて浅草駅のホームで待ち合わせることにすると、私より二本あとの電車から降りてきた頼子は、カウボーイのレザーコートのように胸のあたりや腰のへんにたくさん房のさがっている、ゆったりした感じのする長袖の木綿のシャツと細身のデニムのスラックスという姿で、やはりいっぱい房のさがったバックスキンのかなり大ぶりなショルダーバッグを左の肩にさげていた。

「今日お電話があるとは思っていなかったものですから、こんな恰好で家を出て来てしまいまして……」

一緒に歩くのは羞かしいだろうという意味のようであったが、私はほっそりと引き緊った彼女の身体にはその服装がよく似合うと思っただけで、なにも応えなかった。ならんで仲見世から六区のあたりを歩いたのは、気にしていないという無言の表示でもあった。そして、私はそのあいだに、彼女の言葉づかいが湯島で片平と三人で会ったときよりずっと丁寧になっていることに気づいていた。学生時代には恐らく乱暴な口をきき合っていたために、彼の前ではあまり丁寧な言葉づかいができなかったのであったろう。

「これでございますけれど」

晩年の永井荷風が『断腸亭日乗』に連日「正午浅草」と書きつけているのは、店名を記すまでもないほどアリゾナというレストランでばかり食事をとりつづけていたからだが、松屋百貨店とは吉原の大門前へ通じているバス通りの馬道通りをひとつへだてたほそい路地の中にあるその店のテーブルに着くと、頼子は右手に持ったコップ型の小さなグラスを左手で覆いかくすような仕種で葡萄酒をのみ終ったあと、松本清張の『文豪』をバッグから取り出してテーブルの上に置いた。アリゾナでは真紅(まっか)な甘口のワインが食前酒として出るが、それは酒に弱い私の口にも合った。

「僕もお約束通り小山田さんの文章を複写してきましたけれど、あなたがこれをご存知なかったということは、松本さんも眼を通しておられなかったということになるわけなんですね」

応えるかわりにこっくり大きくうなずいた頼子には、可愛らしいという感じがどこかにあった。そして、そう感じたことによって、私は三十歳にちかい女性の動作から可愛らしいという受け止め方をするようになった自身の年齢にあらためて気づかされた。それは、好意をいだくことは可能でも、もはや恋愛のできる年齢ではないという自覚につながっていくものでもあった。

「とすると、松本さんも多分これはご存知なかったと思うんですけれど、緑雨が鵠沼の東屋っていう割烹旅館へ転地療養をしていて知り合った女中の金沢タケといっしょに小田原へ移ったのは、彼女が小田原の人だったためで、二人が住んだ新玉町緑新道の家っていうのはタケの父親にさがしてもらったものだっていうことが小山田さんの書いたものにはみえているんです。……そんなことはなんでもないことだって言ってしまえばたしかにそれきりですけれど、タケにしてみれば自身の家族にも二人の仲を認めさせたということですし、実質的には新婚家庭を彼女の郷里で持ったことになるとわかってみると、今まで僕のなかにあった、いわば蔭の人っていうタケのイメージと言いますか、すくなくとも橋爪政成さんなんかが認識していた程度より、もうすこし緑雨の生涯におけるタケの占めるウエイトは大きかったんじゃないかっていう気が、僕なんかにはするんです」

「松本さんは、その後ゆくえの知れなくなっていたタケが早稲田鶴巻町に住んでいるということが『東京日日新聞』に出ていたんで、ある人を通じて警察にもたのんで調べてもらったけれどわからなかったから、もし知っている人がいたら教えてもらいたいと馬場孤蝶が大正の終りごろに書いた文章を紹介していますが、ご自身の文章では、小田原時代に関するかぎり、『緑新道に緑雨が一戸を借りて移ったときには、金沢タケは彼といっしょであった』としか書いていらっしゃいません」

頼子は『文豪』のページをひらいて、該当個所を小声で音読した。

「馬場孤蝶は緑雨と特別したしかった友人で小田原へ訪ねたり横網の家でもタケと逢っていて、二人の関係を知っていたというより暮しぶりを自分の眼で見ていますから、大正の末とすれば緑雨の歿後二十年以上も経っていたわけですが、もういちど彼女に会ってねぎらいの言葉をかけたかったか、自分の知らない緑雨の一面を訊きたかったか、恐らく両方だったんでしょうね。……片平君と約束した小説は意気地のない話ですけれど、まだ書けるっていう自信がつかないんですが、できたら今じゃ完全に忘れられたか、あるいはひどく軽視されている金沢タケっていう女性の存在を可能なかぎりクローズアップしたいというのが、今のところ僕の願いの一つなんです。明治書院版の『現代日本文学大事典』にも、緑雨の項をみますと『終生妻をもたず』と書かれていて、タケは完全に無視されています。小山田さんの文章を読んでも、金沢タケについてはいまお話ししたこと以外になにが書かれているわけでもないんですが、小田原が彼女の故郷で、二人の住んだ家が彼女の父親のさがしたものだっていうわずか一行とすこししかないセンテンスが、僕にそんな気持をおこさせたんです」

「わたくしは『縮刷＝緑雨全集』に載っている円地文子さんのお父様ですか、あの上田萬年博士の序文を最初に読んだせいですか、どうも緑雨には貧乏文士というイメージが強かったんですけど、いま複写を頂戴したこの小山田さんのご文章ですと柳橋や吉原や新橋なんかでもずいぶん派手に遊んだというお話をこの前うかがいましたし、そうだとしますと、それだけ多くの女性たちと交渉をもった人ですが、最後にたどり着いたというか、取りすがられたのはタケですし、死水を取ったのも彼女ですものね」

「ただ、僕には彼女が美人だったとは考えられないし、綺麗どころといわれる粋な柳橋や新橋や吉原の仲之町芸者なんかにくらべればはるかに見劣りのする、はっきりいえば垢ぬけのしない愚直な女でしかなかっただろうという気がするんです。それだから、緑雨が死ぬと同時に彼女は中村家の養女になっていた緑雨の妹のお従や、小山田家の養子になっていた緑雨の弟の謙はもちろん、馬場孤蝶や幸徳秋水そのほかの緑雨の友人たちの前からふっと消えていってしまったんだという気が、なんの証拠もないんですけれど、そんな気がするんです。……角度をかえて言えば、痛烈な皮肉屋で、まあまあ美男子だったといえる人いちばい好みの強い一代の通人の緑雨が、晩年をそういう野暮ったい女と暮したということと、その女性が彼の死と同時に誰の前からも姿を消してしまったという、その二つの事柄に、なんだか人間の哀れさというか、悲しさのようなものを感じるんです。……『みだれ箱』でしたかね、『縮刷＝緑雨全集』にも入っていたと思いますけれど、緑雨は小唄をつくっているでしょう。あの中に『わかれ』っていうのがあって、前後はよくおぼえていないんですが、『恋に似たよな花ぢやとて、散るを別れとそりゃ等閑（なほざり）な』っていう一節があります。タケがあらわれる以前につくられたものですし、当然タケとはなんの関係もないんですが、緑雨とタケの仲っていうものを考えると、僕にはどうもその一節が浮かんで来るんです」

「散るを別れと……」

「そりゃ等閑な、っていうんです」

「可哀そうな人ですね」

「可哀そうだといえば、緑雨も可哀そうでしょう。……あれだけの文学者でありながら、こないだもお話しした梅雨の晴れ間をのぞけば、一生苦労のし通しですもの」

「上田萬年博士も、貧乏の中で二人の弟に学士の称号を得させるまで教育を与えたのは緑雨の力だったと力説しておられますね」

十八歳で「今日新聞」へ入社した緑雨は翌十八年、星亭の主宰した「自由燈」に転社して坂崎紫瀾の下ではたらいていたとき、紫瀾とともに小説改良会の設立をはかって協力を得るために訪問したのが坪内逍遙との交友のはじまりとなった。そして、翌十九年の一月に「自由燈」を退社すると、住所の本所緑町をもじった江東みどりの筆名で『善悪（ふたおもて）押絵羽子板』を、二月には『巷説街談雨夜の狐火』を「今日新聞」に掲載したあとも二、三の続き物を発表した。新聞の連載小説を当時は続き物とよんだわけで、いわば読みもの風な通俗小説と解して大過あるまい。二十一年には一月に『春寒雪解月』、三月には緑雨生稿として『うたひ女』を「めざまし新聞」に、六月と七月には「めざまし新聞」と同紙が改題した「東京朝日新聞」に『涙』を連載している。「朝日新聞」の社長は村山龍平であった。

　戒名にもなっている緑雨醒客という筆名は坂崎紫瀾から書簡によってしめされた「紅露情禅緑雨醒客」という対句から採ったといわれるが、その名で「読売新聞」に『紅涙』を連載したのは二十二年三月で、四月には「東京絵入新聞」が改題した「東西新聞」に入社して、十一月には郷里の伊勢にちなんで近松徳三の狂言『伊勢音頭恋寝刃』の登場人物からとった正直正太夫の筆名で当時の第一線作家であった坪内逍遙、二葉亭四迷、饗庭篁村、山田美妙、尾崎紅葉、森田思軒らの存在や文学をするどく揶揄した戯作評論『小説八宗』を発表すると、それが大きな反響をよんで、彼は新聞の続き物作家からいちやく文壇的な存在へと転進する結果になった。そして、明治二十三年から二十七年にかけて『初学小説心得』、『小説評註問答』、『正直正太夫死す』、『新体詩見本』などによって揶揄の度をさらに深め、パロディによって新しい批評文学を創出した。

　さらに小説としては明治二十八年の『門三味線』とともに彼の代表作である『油地獄』と『かくれんぼ』の二作が二十四年に書かれたことは前述のとおりだが、そのあいだにも彼は新聞社づとめから離れていたわけではない。二十三年には政論社に入社、同年六月には「江湖新聞」に、八月には「大同新聞」に移って、十一月には新聞「国会」の創立に参画、社長村山龍平の秘書格として腕をふるった。彼の生涯を通じて最も経済的にめぐまれ、文学者としてもその存在を鮮明に示したのはこの前後で、内田魯庵を識ったのもこの時期である。魯庵は『おもひ出す人々』のなかで書いている。

> 緑雨が初めて私の下宿を尋ねて来たのは其年（明治二十三年）の初冬であつた。当時は緑雨といふよりは正直正太夫であつた。（略）或る朝、突然刺を通じたので会つて見ると、斜子の黒の紋付きに白つぽい一楽のゾロリとした背の高いスッキリした下町の若旦那風の男で、想像したほど忌味が無かつた。キチンと四角に坐つたまゝ少しも膝をくずさないで、少し反身に煙草を燻かしながらニヤリニヤリして、余り口数を利かずにジロ〳〵部屋の周囲を見廻してゐた。どんな話をしたか忘れて了つたが、左に右く初めて来たのであるが、朝の九時ごろから夕方近くまで話して帰つた。其間少しも姿勢をくずさないでキチンとしてゐた。一体行儀の好い男で、あぐらを掻くツてな事は殆んど無かつた。愈々坐り草臥れると能く立膝をした。あぐらをかくのは田舎者である。通人的でないと思つてゐたのだらう。
>
> 夫が皮切で、夫から三日目、四日目、時としては続いて毎日来た。来れば必ず朝から晩まで話し込んでゐた。が、取留めた格別な咄も夫ほどの用事も無いのに怎うして恁う頻繁に来るのか実は解らなかつたが、一と月ばかり経つてから漸と用事が解つた。

新聞「国会」の文芸部は幸田露伴と山本健吉の父石橋忍月が担当していたが、忍月が退社することになったので、秘書格だった緑雨は村山社長の意を体して、その後任候補者としての魯庵の人物を観察するためにそうして頻繁に訪問をつづけていたのだという。結果は不調に終ったが、二人の交渉はそれからはじまった。魯庵の緑雨観もついでに写しておかねばならないだろう。

> 緑雨の眼と唇辺(くちもと)に泛べる“sneer”の表情は天下一品であつた。能く見ると余り好い男振ではなかつたが、此の“sneer”が髯の無い細面に漲ると俄に活き〳〵と引立つて来て、人に由ては小憎らしくも思ひ、気障(きざ)にも見えたらうが、緑雨の千両は実に此の“sneer”であつた。ドチラかといふと寡言の方で、眼と唇辺に冷やかな微笑を寄せつゝ、黙して人の饒舌を聞き、時〻低い沈着(おちつ)いた透徹(すきとほ)るやうな声でプツリと止めを刺すやうな警句を吐いてニヤリと笑つた。緑雨の随筆、例へば『おぼえ帳』といふやうなものを見ると、警句の連発に一一感服するに遑(いとま)あらずだが、緑雨と話してゐると、恁ういふ警句が得意の“sneer”と共に屢〻突発した。我〻鈍漢が千言万句列べても要領を尽せない事を緑雨は唯だ一言で窮処に命中するやうな警句を吐いた。(略)緑雨のスッキリした骨と皮の身体つき、ギロリとした眼つき、絶間ない唇辺の薄笑ひ、惣てが警句に調和してゐた。何の事は無い、緑雨の風丰、人品、音声、表情等一切がメスのやうに鋭どいキビ〳〵した緑雨の警句其儘の具体化であつた。

が、緑雨の全盛期――特に経済的な面での頂点は日清戦争の勃発した明治二十七年の上半期までにとどまったのではなかろうか。すくなくとも、下半期から彼の生活形態はかなり大きくかわる。

八月二十日に父利光が死去すると、つづいてわずか半月後の翌九月四日には母のぶが世を去った。夫婦という一組の男女にはしばしばありがちな現象だし、私にはなにひとつ確証もないのだが、わずか十五日という間隔からどちらか一方が結核におかされて、他方がそれに感染していたためではなかったろうか。緑雨の晩年における病状なども、それと無関係ではなかったもののように思われる。利光の晩年における斎藤家のありさまを、魯庵の文中からさらにぬいておく。

其時分即ち本所時代の緑雨は中〻紳士であつた。貧乏咄をして小遣銭にも困るやうな泣言を能く云つてゐても、いつでもゾロリとした常綺羅（じやうきら）で、困つてるやうな気振は少しも無かつた。が、家を尋ねると、藤堂伯爵の小さな長屋に親の厄介となつてる部屋住で、自分の書斎らしい室さへも無かつた。緑雨のお父さんといふのは今の藤堂伯の先〻代で詢蕘斎の名で通つてる殿様の准侍医であつた。此の詢蕘斎といふは文雅風流を以て聞えた著名（なだい）の殿様であつたが、頗る頑固な旧弊人で、洋医の薬が大嫌ひで毎日持薬に漢方薬を用ひてゐた。此煎薬を調進するのが緑雨のお父さんの役目で、其の為めの薬味箪笥が自宅に備へてあつた。其の薬味箪笥を置いた六畳ばかりの部屋が座敷をも兼帯してゐて緑雨の客も此座敷へ通し、外に定つた書斎らしい室が無かつたやうだ。こんな長屋に親の厄介となつてゐたのだから無論気楽な身の上では無かつたらうが、外出ける時はイツデモ常綺羅の斜子の紋付に一楽の小袖といふゾロリとした服装をしてゐた。尤も一枚こつきりの所謂常上着の晴着なしであつたらうが、左に右くリウとした服装で、看板法被に篆書崩しの斎の字の付いたお抱へ然たる俥を乗廻し、何処へ行つても必ず俥を待たして置いた。

明治二十九年に樋口一葉の終焉の地となった本郷区丸山福山町の家を訪問したときにも車夫を待たせておいた様子が彼女の日記にみえているが、緑雨は両親の死後ただちに、江東みどりとか緑雨醒客というような筆名をえらんだほど少年時代から長く住みなれた本所緑町の家を引き払って、本郷駒込蓬莱町の奥井という下宿へ二人の弟とともに移っている。この下宿は山あり谷あり、桜や梅の多い庭で有名な家だった様子で、兄弟の住んだのは六畳と四畳半の離れ座敷だったというが、小山田謙の回想記を読むと「生活を豪奢から質素へと一変」したのはこの時代からだったようである。

詢蕘斎の准侍医であったと内田魯庵のいう斎藤利光は藤堂家からどの程度の報酬を得ていたのか、いずれにしろ父の死によって弟の扶養に要する緑雨の負担は増大した上に、新聞「国会」

を去った彼の収入は激減している。まねかれて「二六新報」へ入社したのは二十七年の十月で、編集の与謝野寛と劇評担当の伊原青々園を彼はそこで識ったが、同紙は翌二十八年の七月に休刊となる。このときの緑雨の惨状については橋爪政成が他の資料によって詳述しているが、小山田謙は次のように書き留めている。

兄緑雨は明治二十七年の冬から翌年の春へかけて奥井といふ下宿屋に居る頃二六新聞の社長の秋山定輔さんや主筆の福田和之郎さんに見込まれて二六の社会部を担当して居たが、其頃二六は財政困難で給金を渡さない。それで下宿料が払へない。遂に下宿屋から食止めをされた。一両日は耐えて居たがいよ〳〵窮したので、兄は朝飯前に僕を連れて二六新聞社へ行き三階の広い応接間へ待たせて「金が出来たら飯を食はせるから待つて居ろ」といつた。燈のつく頃僕に五十銭銀貨一枚をくれた。僕は下宿屋へ帰る途中鮨を買つて食つた。其時僕は兄の厄介になつてゐることをつく〴〵気の毒に思つた。其翌晩遅く秋山さんが訪ねて来て天ぷら蕎麦を現金で六つ取つて、僕にも二つ下さつた。四月にいよいよ下宿屋を追払はれることになつたが、そこに助ける神が現はれて本郷弓町の高桑といふ下宿屋へ拾はれた。これは高桑駒吉文学士のお宅であつた。こゝでやうやく落ちついて兄も著作へかかり僕も一高の受験準備にかゝつた。斯様な辛苦も秋山さんに義理を立つた結果で、兄の義理固い一証ではなからうか。

この下宿の名を魯庵は思い出せなくなっていたようだが、「壱岐殿坂の中途を左へ真砂町へ上るダラ〱坂を登り切つた左側の路次奥」と書いているから、弓町の高桑であることは間違いない。そして、そのころから「緑雨は俄に落魄れた」といっている。その具体例として挙げられているのは「飛白の羽織を着初して、牛肉屋の鍋でも下宿屋の飯よりは旨いなど、弱音を吹き初した」というだけのことでしかないのだが、「牛肉屋の鍋を突つくやうな鄙しい所為は紳士の体面上すまじきもの、やうな顔をしてゐた」だけに「紳士風が全で無くなつてスツカリ書生風になつて了つた」というのである。逆にいえば、それまでの緑雨がいかに隙のない着こなしや、強い趣味を押し通していたかということだろう。それが、このころから徐々に崩れはじめている。

が、鷗外は鐘礼舎、露伴は脱天子、緑雨は登仙坊という名で「めざまし草」に二十九年一月から掲載されはじめた三人による匿名の作品月評『三人冗語』は、当時の新進作家の心胆を寒からしめた。また、同月緑雨からはじめて書簡を寄せられた樋口一葉が「今文豪の名を博して、明治の文壇に有数の人なるべけれど……」と日記に誌していることをみても明らかなように、文学者としての彼はまだ文壇の第一線に立っていた。それに、経済力がいよいよともなわなくなっていたのである。学業を継続させてやりたいばかりに下の弟の謙を小山田三折という医師の養子に出したのは、二十九年三月のことであった。

翌三十年の十月に本郷丸山福山町の佐藤という下宿屋へ移って、上の弟の譲をその筋向うの内藤という下宿屋に置いているのは、弟の勉学と自身の執筆の都合上別居したものと思われるが、「其内藤の女主人は僕の養母の妹さんであつた」と小山田謙は書いている。橋爪政成は自身の母春江が若いころ緑雨を通じて内藤という未亡人に預けられてきびしい躾を受けたと書いたあと、どういう関係の人かわからないと言っているが、この婦人に相違ない。そして、緑雨は三十一年の一月に「萬朝報」へ入社して幸徳秋水を識り、二月にはおなじ本郷の森川町に下宿を移している。それは、のちに青雲館と称した籐藤（すどう）という下宿屋で、魯庵はもう一度、そのころから「他の文人の下等遊びを冷笑してゐた」緑雨の「気風が全で変つて了つた」といっている。

服装も書生風より寧ろ破落戸（ごろつき）――といふと語弊があるが、同じ書生風でも堕落書生といふやうな気味合があつた。第一、話題が以前よりは余程低くなつた。物質上にも次第に逼迫して来たからであらうが、自暴自棄の気味で夜泊（よどまり）が激しくなつた。昔しの緑雨なら冷笑しさうな下等な遊びに盛んに耽つたもので、『こんな遊びをするやうでは緑雨も駄目です、近〻看板を卸して了ひます』と下等な遊びを自白して淋しさうに笑つた事があつた。

そういう遊びをはじめたのは、本所を引き払って駒込蓬萊町の奥井にいた二十七年ごろからのようで、当時いっしょに寝起きしていた小山田謙は「時には吉原あたりの小格子探険をやつてゐるらしかつた」と書いている。小格子はチョンチョン格子ともよばれる廓の場末の最下級の女郎屋だから、おなじ吉原でも仲之町芸者を相手に大尽遊びをしていたころとでは大変な相違であった。

緑雨が肺結核に感染したのは、いつごろであったのだろうか。発熱することが多くなったのは「萬朝報」に在社中のことで、三十二年の九月には同紙に連載したアフォリズムの一つ『眼前口頭』中の婦人論が筆禍を受けた責任を問われて退社する。それからは心身ともに下降線をたどって、魯庵の言をかりれば「此の簾藤時代が緑雨の最後の文人生活であつた」ということになる。そして、その十二月には妹お従の養家である浅草向柳原の中村家に寄寓して、転地療養のために鵠沼の東屋へ身を置いたのは、例の「按ずるに筆は一本也、箸は二本也。衆寡敵せずと知るべし」で高名なアフォリズム『青眼白頭』を書いたのとおなじ年——三十三年十二月のことである。

アリゾナから吾妻橋までは近い。

「学生時代に卒論を書いたころにはそれほどにも思わなかったんですけど、片平さんのお話しで先生とお目にかかることになって、久しぶりにあれやこれや読み返しましたら、晩年の緑雨って、ほんとに悲しいですね」

上げ潮なのか、ほとんど静止しているようにみえる隅田川の暗い水面に映る灯に視線を落しながら、欄干に片手を載せて頼子は言った。髪と、シャツブラウスの胸からさがっている房の列が、川風に揺れていた。

「殊に、小田原から引き揚げてきたあとの横綱時代はね」

応えた私には、そのときなぜか不思議に、そこが緑雨の終焉の地だということはうかんで来なくて、彼の生涯を通じて最も貧窮に苦しまされた時代だったということのほうに考えがいった。そして、その横網はこの川の下流の左岸にあるのだと思いながら、私はまだ読んでいない松本清張の『正太夫の舌』がその横網へ現地踏査に行くところから書きはじめられているのだと湯島で頼子から聞いたことを思い出して、『正太夫の舌』を読み終ったら、それが収載されている『文豪』を返済するために、すくなくとももう一度だけはこの女性に会える機会があるのだと考えて、耳と額の部分が髪ですっかり覆われている、ととのった横顔をみていた。

松本の『正太夫の舌』からは、それを保管していた小泉三申から贈られて木村毅の所蔵に帰しているという幸徳秋水宛の緑雨書簡をはじめとして実にさまざまな知識をあたえられたが、なんといっても私がきわめて個人的な興味をひかれたのは、金沢タケが緑雨に近づいた動機とつたえられる挿話であった。それは江見水蔭の著書に書かれてあることなのだそうだが、東屋に滞在中の緑雨に「新小説」が郵送されてきて、そこに紅葉や水蔭の家族の写真が掲載されているのを見たタケが、文士の奥さんになるとこういう写真が雑誌に載るのだと女主人に言われたことに心を動かされたためだというのである。真偽は問わぬこととして、その動機だけを切りはなしてみれば不純だとも言えぬことはないが、いかにも低い階層の家に生まれて、社会の表面に出る機会などはまったくとざされていた市井の女らしく、いじらしい発想だったとは言えるだろう。

「松本さんは島崎藤村の『沈黙』っていう短篇まで援用して横網の家についてはずいぶんよく調べていて、僕もいろいろ教えられましたけれど、緑雨がなぜその家に住むことになったか、その家が彼の妹お従の養家にあたる中村家の隠宅の隣家だったことには触れていませんね」

借りていた『文豪』を返すために頼子をR社からは近い神楽坂の階下が果実店で二階がレストランになっている田原屋へ呼び出したのは、もう十一月に入ってからのことであった。

「わたくしも、先生からいただいた複写で小山田さんの文章を読んで気がつきました。それともうひとつ、東大を出て理学士になったすぐ下の弟の譲さんが総督府の技師になって台湾で亡くなってから緑雨がすっかり気落ちしたということは橋爪さんの伝記にも書かれていますけど、新高山探険のあと火焼島へわたって悪性のマラリアにかかったということや、そのときには一高を卒業して東大の医学部に入っていた下の弟の謙さんが、身体の悪かった緑雨にたのまれて死後処理のために台湾へ行ったことも今度はじめて知りました」

「あれはもう緑雨が病勢も次第に悪化して小田原にいたころですから、強いショックだったでしょうね。せっかく苦労して大学を出した直後だったということもあったでしょうが、あの時分は今と違って家っていうものが重くみられていた時代ですから、下の弟の謙は小山田家へ養子に出して、斎藤家には自分と譲しかいなくなっていたのに、跡を継いでもらう弟がいなくなってしまったんですから」

「その上、日露戦争がはじまると、今度は小山田謙さんが軍医で出征して、緑雨は謙さんにも会えずに死んでいったんですね」

頼子と会えば話題はいつも緑雨のことばかりであったが、私の話に耳をかたむけたり、自身の見方や感想をのべるときに彼女が私の顔から眼をそらすようになったのは、そのときからではなかったろうか。湯島や浅草のときには、二人が会うことに必然性があった。が、田原屋のときには借りた書物を返済するという理由があったにしろ、たとえば書留で返送しても済まぬことではなかった。そういうことを、彼女も意識しはじめていたからではなかったのだろうか。私が年末に近くなったとき、いちど電話をかけようかと考えたのを思いとどまって年賀状を差出すにとどめたのは、自分のほうにもそうしたこだわりが生じていなかったとは言えなかったからであった。

したがって、斎藤家の菩提寺へ墓参して生沼晋吾と白山界隈を歩いた帰途彼の家へ立ち寄ったあとでR社へ電話したのは、頼子と神楽坂で会ってから四カ月あまり経っていたのちのことであった。

「気をもませた片平君にもあなたにお電話した翌日、中間報告だけはしておきましたけれど、お墓まいりに行ったところから書き出せばなんとかなるんじゃないかと思いはじめましてね、全体の構図の青写真みたいなメモを作ってみましたら、今度こそなんとか書けそうになってきたんです。書けないときのしかめっ面だけお見せして、書けそうになってきた状態をお知らせしなくちゃ申訳ないと思って……」

場所をどこにしたものかさんざん迷ったあげく、ようやく新宿の高層ビルの一つのなかでもかなり高い場所にある鰻屋で食事をすることにして、彼女の顔を見るなり私は言った。

田原屋で会ったときには腰をすっかりかくしてしまうほど長いだぶだぶなスエーターにジーパンというラフな姿であった頼子は、仕立てのいいグレーのスーツを着ていて、しっとりした落着きを感じさせた。少年じみたところが、清潔な女らしさに変っていた。

「結末はいくつか考えられるんですが、例の馬場孤蝶の『本所横網』にある『本日を以て目出度死去仕候』っていう自身の死亡広告を『萬朝報』へ出してくれるように口述筆記してもらったあと、いつまでいてくれても名残はつきないけれど文筆の士に枕許にいられると心残りがあっていけないから、これで帰ってくれと緑雨が言うところでもいいし、幸田露伴と与謝野寛と馬場孤蝶の三人が棺につきそって横網から日暮里の火葬場へ行くところでもいいでしょう。また、内田魯庵の『おもひ出す人々』からかりるとすれば、大円寺でおこなわれた葬儀が風まじりの土砂降りの日だったということでもいいでしょうし、新聞に出た緑雨の死亡自家広告が戦死した軍神広瀬中佐の海軍葬広告と隣り合っていたっていうのもいいかもしれません。……しかし、文学者じゃなくても人間は誰だって死ぬんですから、僕としては緑雨の死に方より作家としての生き方の苦しさとか哀しさみたいなものを書きたい気があるんです。病気をして横網にいた緑雨の生活がいよいよ逼迫しているのを見かねた幸徳秋水が、堺利彦と共同経営していた『平民新聞』に『もゝはがき』っていう原稿を書かせますね」

「ええ。それがあの薄い小型本の『緑雨遺稿』に載っているわけですけど、緑雨が毎日平民社へはがきを出して、一週間分を新聞に載せるっていう企画で、『鷸にありては百羽掻也、僕にありては百端書也』っていう書き出しになっている、あれですね。あの題は緑雨らしい洒落で、あれは『古今和歌集』でしたかしら、読人知らずの『暁の鴫の羽根掻もゝはがき……』」

「……『君が来ぬ夜は我ぞ数かく』から取っているんですね。その原稿料が待ちきれなくて、病人の緑雨は本所から有楽町の平民社まで取りに行ったり、あるときはその足代もなくて行けなかったという悲痛な手紙をよこしたと、『平民新聞』で会計の仕事をしていた秋水夫人の師岡千代子さんが書いておられるわけで、できればの話ですけれど、僕としてはそのあたりを作品の結びにしたいんです」

「切ない小説になりますでしょうね」

「そりゃ仕方がありません。モデルが切ない生き方をしているんですから」

「片平さん、よろこんでましたでしょう」

「これだけ待たせちゃったんですから」

「で、いつごろまでにお書けになりますんですか」

「出版社につとめている人は、これだから困っちゃうんだなあ」

頼子は笑ったが、その笑顔には、淋しさと言ってもまちがいではないような翳りがあった。

「人間って勝手なものでね、これだけ長いこと書きあぐねていたのに、書けるっていう気になったら、急にゆとりっていいますか、慾みたいなものまで出てきましてね、役に立つか立たないか、恐らく役には立つまいと思いますけれど、緑雨が生まれた伊勢の神戸――いまの鈴鹿へ行ってみようっていう気になり出したんです」

「お一人でですか」

「もちろんです」

「それでしたら……」

下を向いていた頼子は、しばらく間をおいてからようやく顔をあげて言った。

「わたくしも、ご一緒させてください」

「鈴鹿へですか……」

彼女はいつかのようにこっくり大きくうなずいたが、こちらの受取り方はあの折とまったく相違していた。

「トンボ返りをすれば日帰りもできない距離じゃありませんけれど、僕は調べごとをしに行くんですから、最低一泊はしなきゃなりません。場合によれば二泊になるかな、とも思っているんです」

「結構でございます」

「困ったなあ。……そいじゃ、片平君もさそいましょうか」

「ですから、わたくしは先程お一人ですかって伺ったんです。……先生の作品がお出来になるのはわたくしにとっても嬉しいことなんですが、書き上ったら、わたくしにはもうお目にかかる理由も機会もなくなります。……ですから、お別れに、ご一緒させてください」

街の灯が無数にちらばって眼下にみえる窓外に視線をやっている頼子の眼には、恐らく涙だろうが、光るものがあった。

「わかりました。……そうしましょう」

応えたとき、私は浅草のアリゾナで彼女に教えた緑雨の『みだれ箱』のなかにある、あの『わかれ』という小唄の一節を想いうかべていた。

頼子にとっても恐らくおなじことなのだろうが、彼女と自分とのあいだにほぼ四十歳という年齢差があることは、私にとって一種の救いであると同時に、冷え冷えとした感触をともなう深い悲しみでもあった。


〔1979（昭和54）年10月「文藝」初出〕

伝記と小説のあいだ（あとがきに代えて）

伝記小説の書き手は、すくなくない。杉森久英、阿川弘之、瀬戸内晴美というような人の名がただちに想いうかべられるし、最近にかぎっていえば吉村昭、渡辺淳一の両氏もシーボルトの娘や野口英世をえがいた。

が、小説というかたちを棄てて伝記を書いた小説家となると、樋口一葉の和田芳恵、宇野浩二の水上勉氏と私自身以外ちょっと見当たらない。ひろい意味では、大岡昇平氏の『中原中也』なども挙げるべきだろうか。いずれにしろ、その数は五指にも満たない。

なぜなのかと考えてみるとき、私は佐藤春夫の『晶子曼陀羅』に想到する。

あの作品には序文があって、その序文より前に〈絵そらごとまことまぼろしうた心そぞろにつづる晶子まんだら〉という、エピグラムに相当する作者の自作歌が置かれている。晶子はむろん与謝野晶子で、昭和二十九年に発表された伝記小説だが、右の自作歌と、それから十年後の昭和三十九年に執筆された山本健吉氏のエッセイ『伝記への要望』を対置してみると、その間の事情が明らかになる。

〈私が伝記を読みたいという気持ち、日本でもっと伝記が書かれてほしいという気持ちを突きつめてみると、どうも今日の小説の空しさの意識と、背中合わせのように思われて仕方がなかったのである。それがあまりにも絵空事であり、真実から遠いという思いが、端的に人間の真実を目ざすよりほかに仕方がない伝記に、私の気持ちを傾けさせるのである。偽りであることがそのまま無価値を意味する伝記のあり方が、いさぎよいものに思えてくる。〉

言うまでもなく佐藤、山本両氏のもの言いには極度の誇張がある。佐藤氏の『晶子曼陀羅』が〈絵そらごと〉でないことも、山本氏がすべての小説を〈絵空事〉だと思っていないことも自明だろう。が、誇張によって、伝記小説と伝記の特性は明確に言い当てられている。〈絵そらごと〉の享受と〈絵空事〉への嫌忌に、両者の発想の岐路がある。

が、ここで私が言おうとしているのは、一般論ではない。

私の『徳田秋声伝』が出版されたのは昭和四十年一月で、山本氏の右の文章に接したのはその前年の春であったから、氏の言葉に非常な鼓舞を受けたが、反面〈偽りであることがそのまま無価値を意味する〉という点で、泣きたいほどの苦しみにあえいでいたことも事実である。

ある瞬間ないし短時日の中に人生のドラマをとらえる短編小説とは反対に、伝記は人間の価値や真実を長い時間の上にのせて計量しようとする文学形態であろう。したがって、いかなる詮索も及ばぬ不明な個所はかならずどこかにある。それに対しては推理力を要求されるいっぽう、〈偽りであることがそのまま無価値を意味する〉伝記では、小説家の生命ともいうべき想像や空想をしのびこませることが許されない。小説家の和田、水上両氏は、どんな心理的葛藤の末にそこのところを通過したか。

私のばあい、実証主義の一貫にはいかに懲りておぞ気をふるったか、みずからその後の軌跡をふりかえってみて思い知らされる。〈偽りであることがそのまま無価値を意味する〉苦しさから逃れるためにといってはニュアンスが違うが、秋声の仕事から数年後に永井荷風の探索へむかったときには、息ぬきの方法を考えた。荷風作品の背景を散策するというスタイルで、結果としては伝記になるような方法を採ってみた。自身の見解も、前面に押し出した。『わが荷風』という題名からも、それはほぼ察してもらえるだろう。

が、厄介なことには、人さまの書物の場合も、自身の仕事の場合も、私は伝記がきらいではない。懲りたの、おぞ気をふるったのと言いながら、自分はむろんのこと、読者にもすこしは楽しんでもらえるような伝記文学の方法はないものかと考えた末にたどり着いたのが、想像や空想も挿入できる小説と伝記のドッキングというスタイルであった。

そこでまず採りあげてみたのが、荷風詮索時における副産物ともいうべき荷風の親友で、一種の奇人であったがゆえにほとんど世に出ることなく生命を閉じた井上啞々の生涯であった。主人公ともう一人の人物が啞々の居住した江東地区を探索に行って、二人の対話のなかから啞々の伝記をあぶり出すという構想のものである。伝記小説というかたちを私が避けたのは、荷風と唖々という実在の人物が会話をかわすというような場面設定もしくは描写が、私の好みに合わなかったからにほかならない。

つづいてラフカディオ・ハアンの妻＝小泉節子を取り上げた第二作、斎藤緑雨の生涯を追った第三作まで書いてみたが、この方法も頭で考えていたときほど楽なものではなかった。そのあいだには他の仕事もしたが、第一作から第三作の発表までには正確に三年間の歳月がはさまったといえば理解されるだろうか。

佐藤春夫氏が〈まことまぼろしうた心〉といった伝記小説と、山本健吉氏の〈偽りであることがそのまま無価値〉であるといった伝記のあいだには、未発掘の鉱脈があるに相違ない。もしそれまで生きていればの話だが、私は今後も当分のあいだその鉱脈をもとめて夢遊病者のようにさまよいつづけるだろう。

伝記執筆には、読んだり調べたりの事前作業に多くの時間と労力を取られる。つらい仕事だが、苦しく生きた作家の足跡を追ってみれば、生存にあきてしまっているような私自身にも、なにがしかの刺激になるかもしれない。

〔1980（昭和55）年1月11日「朝日新聞」夕刊 初出〕

P+D BOOKS ラインアップ

天使	遠藤周作	ユーモアとペーソスに満ちた佳作短篇集
白い手袋の秘密	瀬戸内晴美	「女子大生・曲愛玲」を含むデビュー作品集
ゆきてかえらぬ	瀬戸内晴美	5人の著名人を描いた珠玉の伝記文学集
耳学問・尋三の春	木山捷平	ユーモアと詩情に満ちた佳品13篇を収録
青春放浪	檀一雄	小説家になる前の青春自伝放浪記
緑色のバス	小沼丹	日常を愉しむ短篇の名手が描く珠玉の11篇

P+D BOOKS ラインアップ

お守り・軍国歌謡集	山川方夫	●「短篇の名手」が都会的作風で描く11篇
天上の花・蕁麻（いらくさ）の家	萩原葉子	●萩原朔太郎の娘が描く鮮烈なる代表作２篇
ブルジョア・結核患者	芹沢光治良	●デビュー作を含め著者初期の代表作品集
海の牙	水上 勉	●水俣病をテーマにした社会派ミステリー
塵の中	和田芳恵	●女の業を描いた４つの話。直木賞受賞作品集
散るを別れと	野口冨士男	●伝記と小説の融合を試みた意欲作3篇収録

P+D BOOKS ラインアップ

魔法のランプ　澁澤龍彦　●澁澤龍彦が晩年に綴ったエッセイ29篇を収録

虚構のクレーン　井上光晴　●戦時下の〝特異〟な青春を描いた意欲作

マカオ幻想　新田次郎　●抒情性あふれる表題作を含む遺作短篇集

浮草　川崎長太郎　●私小説作家自身の若き日の愛憎劇を描く

街は気まぐれヘソまがり　色川武大　●色川武大の極めつきエッセイ集

こういう女・施療室にて　平林たい子　●平林たい子の代表作2篇を収録した作品集

（お断り）

本書は1980年に河出書房新社より発刊された文庫を底本としております。あきらかに間違いと思われるものについては訂正いたしましたが、基本的には底本にしたがっております。また、一部の固有名詞や難読漢字には編集部で振り仮名を振っています。

本文中には女流、後家、ドヤ街、坊主頭、内助の功、未亡人、車夫、部落、妾、女中、乞食、外人、洋妾、女史、女給、盲などの言葉や人種・身分・職業・身体等に関する表現で、現在からみれば、不当、不適切と思われる箇所がありますが、著者に差別的意図のないこと、時代背景と作品価値とを鑑み、著者が故人でもあるため、原文のままにしております。差別や侮蔑の助長、温存を意図するものでないことをご理解ください。

野口 冨士男（のぐち ふじお）

1911年（明治44年）7月4日—1993年（平成5年）11月22日、享年82。東京都出身。本名・平井冨士男。1979年『かくてありけり』で第30回読売文学賞を受賞。代表作に『わが荷風』『感触的昭和文壇史』など。

P+D BOOKS とは

P+D BOOKS（ピー プラス ディー ブックス）とは
P+Dとはペーパーバックとデジタルの略称です。
後世に受け継がれるべき名作でありながら、現在入手困難となっている作品を、
B6判ペーパーバック書籍と電子書籍を、同時かつ同価格で発売・発信する、
小学館のまったく新しいスタイルのブックレーベルです。

散るを別れと

2024年5月14日　初版第1刷発行

著者　野口冨士男
発行人　五十嵐佳世
発行所　株式会社　小学館
〒101-8001
東京都千代田区一ツ橋2-3-1
電話　編集　03-3230-9355
　　　販売　03-5281-3555
印刷所　大日本印刷株式会社
製本所　大日本印刷株式会社
装丁　おおうちおさむ　山田彩純
（ナノナノグラフィックス）

ISBN978-4-09-352488-9